スペル&ライフズ
恋人が切り札の
少年はシスコン姉妹を
救うそうです
1
十利ハレ
ill. たらこMAX
Hare Tori

ミコティア
「シュンって、もしかして
結構わたしのことすき?」
萌葱咲奈
「もえぎ さな」
「私は咲奈、萌葱咲奈よ!
才能あふれる
とってもカワイイ高校一年生!」

「あなたの方から来てくださるなんて
いじらしいじゃないですか、恋人」
ルミア
「やあやあ、駿。待ちわびていたよ。
待ちくたびれてドロドロに
溶けてしまいそうだったよ」
朝凪帳
［あさなぎ　とばり］

「シュンはどっちが好き？
大きい方？　小さい方？」

「わたしのおっぱいはすき？」

「来いよ、俺の手を取れ――
【恋人】ミラティア!!」
焔をかき消した虹の彩光が
散り、踊り、降りる。
それが形成するのは
完璧に調和のとれた愛らしい人型。

「ん！　シュンのわたし。
さんじょう」

Key words
[キーワード]

『スペル&ライフズ』

僕となるクリーチャーを召喚する『**ライフ**』と、様々な異能を発揮する『**スペル**』という二種類のカードの総称。これらを操る力に覚醒した存在を『**プレイヤー**』と呼ぶ。

カードにはN、R、SR、SSR、Lという5種類のレアリティがあり、Lは幻級のレア度を誇る。だがカードの強さはレア度だけでは決まらない。組み合わせや相性——つまりプレイヤーの使い方次第である。

色藤島[しきとうじま]

『スペル&ライフズ』の研究のために生み出された**人工島**。**異能特例区域**に指定されており、プレイヤーとして目覚めた人々はみなこの島に集められる。

カードの研究は軍事転用から日常生活に活用するモノまで多岐に亘り、合法的な実験のみならず、**危険を伴う違法な研究**も行われているが、その成果から黙認されている。

しかしこれらの研究が行われていることを除けば、この島の人々の生活は至って普通のものである。

PSA[Player Skill Addition]計画

本来『スペル&ライフズ』のカードだけが有する能力——スキルを抽出、変容させ、人体に付与させることで、**プレイヤー自身に特殊なスキルを植え付ける実験**。実験はとある施設で秘密裏に行われ、桐谷駿はここで**妹の桐谷凜音**と共に被験者として生活していた。

しかし四年前、施設は何者かによって襲撃を受け、駿は実験から解放されるも、凜音と離ればなれになってしまう。

その襲撃を機に計画は凍結。駿は色藤島にて、凜音の行方を捜し続けている。

スペル&ライフズ 1

恋人が切り札の少年はシスコン姉妹を救うそうです

十利ハレ

OVERLAP

Index

[目次]

[イラスト／たらこMAX]

Prologue

プロローグ

夢や希望などという輝かしいものは一欠片《ひとかけら》もなく、ただ、力だけが与えられた。

ＰＳＡ（Player Skill Addition）計画——それは、本来カードが有するスキルを抽出、変容させ、人体に付与することにより、プレイヤースキルとしてプレイヤーに固有の特殊能力を植え付ける実験だった。

「０９９番。出ろ」

ただの三つの数字の羅列。それがこのセレクタークラスでの少年の呼び名だった。

齢《よわい》十三の子供である少年が大の男に抵抗できるわけもなく、部屋から力ずくで連れ出される。

顔のない数人の白衣の男に囲まれて、手術台に磔《はりつけ》にされる。

白い光が痛い。肌の一点に痛みが走る。薬物投与。耳鳴り音。寒気がする。痛みが走る芯が冷えて喉が焼ける切って剥いで繋《つな》いで折って痛い痛い水がつたう溢《あふ》れて出てなくなって足されて抜きだされて剥ぎ取られて付け足して埋め込まれて書き換えられて残らない残していらないいらないって美味《おい》しいってことだね寝れん錫杖《しゃくじょう》　土台電線デルタ地帯雫《しずく》が穿《うが》ってうがい手洗いがらがらおぇえ…………………。

嗚呼《ああ》、剝がれていく。自分の断片が剝がれて、溢れて、残りカスみたいな小さな自分だけが底の方に沈んでいく。暗く、冷たい、光の届かない底へ沈んでいくようだった。

「に——さ——きて」

遠くで声が聞こえる。

水面へ進む浮き袋のように意識が浮上して。

「兄さん！　起きて！　大丈夫!?　兄さん！」

「凜音《りんね》……？」

「兄さん！」

視界一杯に映る少女は、感極まったように抱き着いてきた。

亜麻色の髪に鼻下をくすぐられてこそばゆい。

まだ他人の体温を感じられることに安堵《あんど》し、少年はそっと彼女の頭を撫《な》でた。

「兄さん、今度こそ死んじゃったかと思った。あいつら、意識のない兄さんを物を扱うみたいに放って、こんなにぼろぼろなのに……」

見慣れた天井。固いベッド。薬品の匂いが鼻につく。

この医務室で目を覚ますのは何度目だろうか。

腹部と腕、首元には固く包帯が巻かれており、体を動かすたびに鈍い痛みが走った。

痛いのはいい、我慢できる。ただ、今自分の体の中がどういう状態なのかわからないことが怖い。この少年を少年たらしめるものはどこまで残っているのだろうか。

「心配すんな。なんだかんだ貴重なサンプルだろうからな。殺されはしないだろうよ」

「嘘《うそ》だよ、そんなの。じゃあ、美衣《みい》ちゃんはどこに行ったの？　うさくんは？　昨日から姿が見えない深緋《ふかひ》ちゃんは？　日に日に人が減ってる。ねえ、私でもわかるよ。みんながどうなったか」

「凜音……」

恐怖と不安、それから憂い。

凜音は自身の腕をぎゅっと摑《つか》んで下を向いた。

「それで、みんなが居なくなったと思ったら、次から次へと人が増えてって……補充されて。使い捨てみたいに。きっと、私も……」

「凜音！」

その先を妹に言わせはしないと、少年は彼女の肩を摑んで必死に呼びかけた。

「俺がいつか必ずお前を連れ出してやる。こんなとこぶっ潰してやる。そんで、欠伸《あくび》が出るくらい退屈な日常を一緒に過ごすんだ。約束だ。だから、そんな顔するな」

「…………お兄ちゃん」

少年が力強く突き出した小指に、凜音はそっと小指を絡ませた。

そのまま凛音を引き寄せ、少年はぎゅっと抱きしめ頭を撫でる。

「安心しろ、お兄ちゃんは最強だ。なんたって妹がいるからな。妹のためならたいていのことはできるのがお兄ちゃんだ」

「ぷ……なにそれ。意味わかんない」

「まあ、凛音にもいずれわかる時が来る」

「こないから。もう、兄さんは本当にシスコンなんだから」

そう、この笑顔を守るために、凛音の手を引いて狭い世界から這《は》い出るのだ。

いつか、絶対に――そう約束したのだ。

一般の教育課程より高水準の厳しいプログラムを受ける。実験に参加させられる。胃に餌をやる。テストをこなす。体を洗って寝る。

その繰り返し。袋小路のような閉ざされた毎日。

それでも変化はやってくるもので――。

「100番。出ろ」

ガタイのいい職員が二人の部屋に凛音を迎えに来た。

「おい、ちょっと待てよ。凛音は昨日に一昨日《おととい》もだぞ。さすがに体が持たない」

「うるさい。口答えをするな。100番。出ろ」

「そんなに言うなら、代わりに俺が受ける。それでいいだろ」

「バカか？　いい訳がない。貴様では１００番の代わりにはならない」

「――ッ!?　てめえ――」

「もういいよ！　兄さんやめて！」

男に殴りかかろうとしたところで、凜音に抱き留められた。

彼女はか細い声を絞り出して、涙とともに微笑《ほほえ》んだ。

「私、行くから。大丈夫だから。兄さんの妹だから、私は大丈夫だよ」

それから、二十四時間が経《た》っても凜音が帰って来ることはなかった。

四十八時間経っても戻って来なくて――終わりは突然にやってくる。

けたたましいサイレンの音。破壊音。怒号。爆発音。慌ただしい足音。焼け焦げた肉の香りと、墨のような黒い煙。

「なんだよ、これ」

閉ざされていた扉がひしゃげ、外に出て目に入ったのは炎に包まれたセレクタークラスだった。半壊した施設の中を、舐《な》め溶かすようにてらてらと紅の焔《ほのお》が揺れる。

「凜音！　おい！　凜音！」

少年の声は炎に掻《か》き消され、誰に聞こえることもなく灰となる。

意識がこの手を離れていくのを感じる。

視界に映る世界の輪郭があやふやになる。

誓ったのに、約束したのに。いつか絶対にと、根拠のない空っぽの言葉だったけれど、それをわかっていて凜音は笑ってくれたのだ。

だから、諦めるわけにはいかないのだ。

「く……そが」

そんな飾り気のない言葉を最後に、意識の紐《ひも》が完全に手元から離れ、少年の視界は暗転した。

あれから数年経った今でも、誓ったはずの「いつか」は来ないでいる。

人の気配の感じられない薄暗い住宅街。

スペルカード【清き明かりの灯《とも》り】を流用した街灯が、温かな光を送り出してくれる。

この街灯も数年前は、実験目的で限定的な利用をされていた程度だったが、今ではこの島の日常風景として溶け込んでいた。

風の止《や》んだ夏の夜は、酷《ひど》く重たく蒸し暑い。

半身を闇に喰《く》われた月の下、二つの人影が夜道をちらついていた。

「おいひぃ……プリンを作った人は天才。国民えいよーしょうをおくるべき」

少女はホイップクリームのたっぷり載っかったプリンを口いっぱいに頬張る。

天に召されるかのような恍惚《こうこつ》な笑みを浮かべ、その場で小刻みに揺れることで喜びを表していた。少女の動きに合わせて髪飾りのリボンが揺れる様が愛らしい。

「栄養じゃねえ、栄誉だ。プリンに栄養は期待するな。まあ、美味しいならよかったよ」

ブルートパーズの髪を揺らして、少女——ミラティアはもう一口分のプリンを口に運んだ。肩口まで伸びたウェーブがかった髪に、怪しく灯《とも》るルビー色の瞳。人間離れした端整な顔立ちは人形のようであり、幼さと芸術品のような美しさが同居した妖しい魅力を醸し出していた。思わず二度見してしまうような白を基調としたふりふりのドレスも、彼女にはよく似合っている。

「わたしが誕生日のときはプリンの雨を降らせてほしい」

ミラティアは幼子のように瞳をキラキラと輝かせた。

空からプリンが降り注ぐ図を想像したのだろうか。

それで悲惨な結果になっていないあたり、彼女の脳内は相当のお花畑だといえる。

「お前、俺のことを魔法使いかなんかだと思ってるだろ」

隣を歩く少年――桐谷《きりや》駿《しゅん》は呆《あき》れたようにため息をついた。

「といいつつ、シュンはなんとかしてくれる」

「しねえってか、できねえよ。つか、誕生日なんてあんのかよ。初めて聞いたぞ?」

「シュンと出会った日がわたしの誕生日。わたしがシュンの恋人として、ミラとして意味を持った日」

普段は平坦《へいたん》な調子で喋《しゃべ》るミラティアが、珍しく熱弁する。

彼女との出会いは駿にとっても衝撃的で、熱烈で、鮮烈だったから、よく覚えている。

思わず目を奪われ、心惹《ひ》かれるような妖しい魅力を持つ少女は、今では考えられないくらいに冷え切った目をしていた。

そんなミラティアの心を融《と》かすのは簡単なことではなかった。

そして、ミラティアは彼のためなら恋人であれると思ったから、主従の契約を結んだ。柄にもなく死に物狂いで手を伸ばし、彼女を手に入れることができなければここで終わってもいいと、その覚悟で臨んだ末の今の関係なのだ。

「それでいいのか。まあ、考えとくよ」

二月二十一日か、それなら結構先だな、なんて駿は小さく呟《つぶや》いた。

羞恥心からか、彼は少し歩調を速める。

それをしっかりと聞き届けたミラティアは、僅かに口角を上げ、軽い足取りで駿を追った。

「シュンって、もしかして結構わたしのことすき？」

「さあ、どうだろうな」

「それはてれかくし？」

「知らねえよ。なんでも俺に聞くな」

ミラティアは駿の顔を覗《のぞ》き込むように回り込むが、彼はそっぽを向いてしまう。

「ちなみに、わたしはだいすき」

「はいはい、ありがとな」

「今のはてれかくし。わたしにもわかった」

ミラティアは口元に手を当てて、控えめにくすりと笑った。基本的に頓珍漢なくせに、時々こちらの考えを見透かしたような言動を取るのだから侮れない。

「ミラ、プリン一口くれよ」

と、駿はあからさまに話題を変える。

ミラティアはそれを理解してか頬を緩めた。カップから自分の一口よりは少し大きいくらいの一欠片《ひとかけら》を掬《すく》うと、駿の口元へ持っていく。

「シュン、あーん」

その刹那――轟音《ごうおん》とともに突風が吹き、スプーンごとプリンの一欠片を喰らい去った。衝撃で左手に持ったプリンカップも落下し、遠くの地面でミラティアのマイスプーンが落ち、乾いた金属音が響く。

「――あ？」

「ぷ、プリン…………」

目の前のプリンが一瞬にして消え去った。

この不自然な突風、砲弾とも呼べるほどの衝撃は明らかに自然現象ではない。

人為的な悪意ある力による被害だ。

そして、この島で特異な能力を操る存在と言えば、心当たりは一つしかなかった。

「……プ、レ、イ、ヤ、ー？」

駿は突風の出処《でどころ》である路地裏に警戒を向ける。

ミラティアはプリンがフライアウェイしたことを深く嘆いているようで、orz のポーズで潰れたプリンを囲って膝をついていた。

「プリンが…………」

路地裏には、数人分の人影があった。

彼らの様子を見るに、どうやら今の一撃は駿を狙ったものではなく、単なる流れ弾であることが推測できた。その証拠に彼らは駿たちの存在に気づいてはいない。

「偶然とはいえ先に手を出したのはお前らだからな。何されても文句はねえよなあ」

「プリン…………」

なお、ミラティアは目の前のプリンが消えた現状を未《いま》だ受け入れられないようで、怨霊のようにプリン、プリンと声を漏らしていた。プリンへの執着心の強さに駿も若干引いた。

「プリンならまた買ってやるから、戦闘準備しろ」

「ほんと？　生クリームものせていい？」

「ああ、生クリームでもカスタードクリームでもなんでも載せろ」

「さすがシュン。だいすき」

「お前が好きなのはプリンなんだよなあ」

気の抜けるような調子だが、路地裏の敵を見据えた瞬間、二人の纏《まと》う空気は一転した。

朗らかな日常から、数秒先の命の保証もない戦場へと意識を切り替える。

境界を跨《また》ぐように、路地裏へ一歩を踏み出した。

そこでやっと彼らは駿たちの存在に気づいたようで、安っぽい敵意を向けてくる。

カタギか怪しい推定二十代前半の男が、一、二、三……六人。その全員がもれなくプレイヤーなのだろう。手元にはそれぞれ数枚のカードが握られていた。

「おい、ガキぃ、何見てんだ？　あァ？」

「なんだその目は？　気に入らねえな。やるか？」

「どっちにしろ、この現場見られた以上ただでは帰さねえけどな！」

彼らはギャハハハ、と下品な哄笑《こうしょう》を上げる。

男たちの足元には、地面に横たわり、短い呻《うめ》き声《ごえ》を漏らす一人の少女の姿があった。

ピンクのメッシュが入った黒髪ツインテール。ショートパンツにオーバーサイズのパーカー。鋭く細められたレモン色の瞳。晒《さら》された肌に刻まれた生傷が痛々しい。

口元に布を噛《か》まされたその少女は、現在進行形で男に縄で固く拘束されていた。

「それ、シュンにむかっていってる？　全員殺すよ」

ただ、ミラティアの興味は拘束された少女にはなく、主人を侮辱されたことに憤っていた。

男たちはミラティアの殺意の籠った眼光に、思わず息を呑《の》む。

お前らの命なぞ片手間に奪ってやってもいいんだぞ、と言わんばかりの懸氷の声音。

男たちの軽く中身のない綿菓子の如《ごと》き殺意とは違う、本物の威圧感。

「やめろ、殺すな。後処理がめんどくさいだろうが」

「殺さなければいい？」

紅《あか》い薄氷の瞳で敵を見据えたミラティアは、きょとんと首をかしげて言った。

駿は頭を掻《か》いて軽くため息をつく。

「やり過ぎない程度にな」

「わかった、こわさないようにする」

それを聞いて、こいつは何をしようとしていたんだ、と駿の顔が引きつる。

「おいおい、黙って聞いてりゃずいぶんな物言いだな。嬢ちゃん」

「女に生まれてきたことを後悔させてやるよ！　そんで、テメエは服ひん剝《む》いて地面に頭擦《こす》り付けて土下座させてやるクソ野郎！」

「テメエらに教えてやるよ、カードの使い方ってやつを！」

男たちはこれから訪れる悲惨な未来など思い至りもしないようで、定型文のように憤る。

駿は退屈そうに喉仏を掻き毟《むし》り、気だるげに息を吐いた。

「だから、お前らの言葉は全部安っぽいんだよ。ミラ、半分は頼むな」

「ん、もう終わってる」

その言葉と同時に、男たちの半数、ちょうど三人をすっぽり覆うように黒い立方体が形成された。中身を見通すことのできない闇を絞り出したかのような黒。それはミラティアが創造した暗くおどろおどろしい世界。

残された三人が目を見開き狼狽《ろうばい》する中、

――あ、ぁぁ……ぎゃぁぁぁぁあああああああああああああ！！？？

隔てられた黒の中から絶叫が響いた。

陽炎《かげろう》のようにふと立方体は消え去り、吐き出されるように三人の男が現れる。

白目を剝いて泡を吹く者、口から胃液を垂らす者、鼻血を出して潰れたカエルのような呻き声を漏らす者、と三者三様だったが、それぞれとても正気を保っているようには見えなかった。

「な、お前ら何をしやがった……ッ」

これにはさすがの男たちも顔を引きつらせ、たじろいだ。しかし、ここで大人しく引くようなら始めから駿たちに喧嘩《けんか》を吹っ掛けてもいないし、人攫《ひとさら》いなどしてはいないだろう。

「そこのタンパク質三個持って帰ってくれるなら見逃してもいいけど、どうする？」

「クソが、舐《な》めやがってぇぇええッ！」

男は駿の安い挑発に顔を真っ赤にして激昂《げきこう》した。

切羽詰まって指に挟んだカードを掲げ――発動する。

「スペル――ッ【ファイヤーボール】」

それはもちろんただのカードではない。

スペル&ライフズ——その名の通りスペルとライフの二種類からなる異能の力を秘めたカードの総称である。僕《しもべ》となるクリーチャーを召喚するカード、ライフ。そして、様々な異能を発揮するカード、スペル。

それらのカードを操る人々を、この島ではプレイヤーと呼んだ。

スペルカードには五つの種類が存在する。

武器や道具などの物質を顕現させるアームドスペル。

設定された条件が満たされた時、オートで発動するリザーブスペル。

指定範囲内に一定の効果を及ぼすフィールドスペル。

指定されたコストを支払うことで発動が可能となるリベンジスペル。

そして男が使ったスペルは五種類ある内、一番多くの割合を占めるベーシックスペルであった。ベーシックスペルは、主に前述した四種類のいずれにも当てはまらない効果を持ったスペルカードだ。

発動したカードは赤色の粒子となって空へ溶けだし、球形の火炎を顕現させた。

「あたらないよ」

瞬間、ミラティアの鈴の音のような声が通る。

頭蓋骨ほどの火球は、駿の顔面へ向けて一直線にひた走り——駿を突き抜けて通りへ消えていった。

　突き抜けたといっても、駿《しゅん》の体を貫いたわけではない。

　当たったと思われたその刹那、駿の体が朧《おぼろ》に実体を曇らせたのだ。

「は……？　スペルなんて使う暇なかっただろうが」

　たしかに命中したはずだ、と男は困惑する。

　ただ、実際問題駿は無傷で、男を嘲笑《あざわら》うように意地の悪い笑みを浮かべていた。

「そうだな、スペルは使ってねえな。でも、次は使うぜ」

　駿は腰に括《くく》られたカードホルダーから一枚のカードを取り出し、唱える。

「スペル【たらい落とし】」

　今にも吹き出しそうな様子で、駿はレア度Nのアームドスペルを発動した。

　その効力は、文字通り指定した場所にたらいを出現させるものだった。たらいとは何かの隠語でも比喩でもなく、昔話でおばあさんが洗濯に使っていたあのたらいである。故に殺傷能力は皆無のジョークスペルだ。男の頭にたらいが降り、ゴーンと痛快な音が響いた。

　このカードを引いた時は何に使うんだこんなカード、と文句の一つでも言ってやりたくなったが、なかなか悪くない。

「て、テメエ……ふざけやがって」

「なんだ、代わりに槍《やり》の雨でも降らしとけばよかったか？」

「その舐めた口すぐにでも塞いでやらァ！」

男たちは、それぞれライフカードを取り出し発動させた。

それぞれ赤い粒子を煌《きら》めかせ、暴力的な生命を模《かたど》る。

R死霊種【這《は》いずる腐蝕《ふしょく》】、R獣種【鋼鉄の魔犬】、R昆虫種【炎蝶《えんちょう》プロクス】

肉が崩れ骨を晒したゾンビが、甲冑《かっちゅう》に身を固めた大型犬が、炎の羽を羽ばたかせる蝶々が顕現し、駿らを敵と見定めて猛《たけ》る。

これこそがプレイヤーの意に従い力を振るう、超常の生物――ライフ。

「どうだァ！　一度に三体のライフだ！　次は逃がさねえぞ」

三体のライフは躊躇《ためら》いなく、駿の下へ駆ける。

しかし、彼は荒々しく暴悪なライフを前に、顔色一つ変えることはなかった。

「――逃げねえよ」

素早くカードを引き抜くと、黄金のエフェクトが煌めいた。

それは駿の手元に集約し、一振りの剣が顕現する。

無駄を省いたシンプルな漆黒の剣。片方にのみ刃の付いた平たいそれは、まるで首を切るための剣《エクスキューショナーズソード》のようだった。

「金枠のアームドスペルだと!?」

SSRアームドスペル【因果切断―アブディエル】

その効果は単純明快故に最強。あらゆるものを切り離し、隔てるというもの。

「ふ――っ」

駿は肉薄するライフを、マーガリンでも削り取るように楽々と絶命させる。

隔たれたという結果だけ残されたライフは一撃にてその形を、あり方を崩され、赤の粒子となって空へ溶けだした。

「なっ……一撃……ッ!?」

「く……っ、マジかよ」

「おいおい、どうした？　まだ使えるカードはあるんだろ？」

仲間三人を戦闘不能に追いやった謎の攻撃。そして、スペルでの一撃を避けた方法も看破できず、駿の手には一振りのＳＳＲアームドスペルが握られている。

ここまで来れば、さすがの男たちでも自分たちの不利を悟ったようで、恐怖で顔を歪《ゆが》ませた。じりじりと後ろに下がり、足元の倒れた仲間に躓《つまず》き、体をビクつかせる。

「お、おい、あれだ。悪かったよ。だから今回のところは――」

「いやいや、冷静になるのが遅すぎるだろうが。なあ？」

駿は嗜虐《しぎゃくてき》的に笑うと、一枚のカードを引き抜く。

腰が引け、完全に戦意を喪失した三人の男たちは、地に伏す仲間に見向きもせず、駿とミラティアに背を向けた――瞬間、カードの力は容赦なく振るわれ、男たちの視界は暗転した。

◇

「で、これどうしようか」

チンピラプレイヤー六人を難なく無力化した駿にミラティア。

薄暗い路地裏には、全身を縄でぐるぐる巻きにされた一人の少女が残されていた。

アームドスペルで現出させたであろう縄はそれなりに頑丈なようだ。

少女は打ち上げられた魚のように体をくねらせて跳ねている。

「むー！　むー！」

口元も布で拘束されているため、漏れるのは意味を持たない音のみだった。

「わたしはプリンを買いなおしたい」

「まあ、その約束だったしな」

「むぅう！　うーっ！」

「ん！　すぐにコンビニへ向かう」

「だな、なんかうるさいしさっさと帰るか」

「うがーっ！　ぐるぅううう！」

打ち上げられた魚……ではなく、縛られた少女は更に大きく跳ねる。

何かを訴えかけるように熱い視線を向ける少女に、駿は短くため息をついた。

「はあ……。なあ、ミラ。これ翻訳してくれ」

「まかせて。私はお刺身にして食べるのが一番おいしいです。新鮮なうちにおめし上がりくださいい、って言ってる」

「なるほど、完璧な翻訳だな」

「どこがよ！　一から十飛んで百まで全部間違ってるわよ！　頭おかしいんじゃないの!?サイコパスなの!?」

少女の口を拘束していた布ははらりと取れる。

彼女は今にも嚙《か》みつきそうな勢いでまくし立てた。

「あ、喋《しゃべ》った」

「喋るわよ！　ていうか、ふつうすぐに縄を解くわよね？　助けてくれたのは感謝するけど、あんたたち私で遊んでるわよね??」

「べつに助けてない。プリンのかたきをとった」

「ぷ、プリン……??」

真顔でそう述べるミラティアを見て、少女は頭上に疑問符を浮かべる。

「まあ、どっちにしろ助けるメリットないしなあ。変なことに巻き込まれたくないし」

「それはもう今更でしょ！　いいから助けなさいよ！」

少女はゴミのように捨てられた六人の男たちを一瞥《いちべつ》して、言った。

あれだけ派手な立ち回りを演じ、男六人を気絶させておいて何を宣《のたま》っているのだ、と。

「証拠が残らなきゃいいんだよ。このたんぱく質はバカだが、バカなりに悪知恵は働くからな。お前を攫《さら》おうとしてたってことは、ここは監視されてない区域ってことなんだろうよ。助けてほしけりゃ相応のメリットを提示することだな」

「あら、メリットならあるわ。メリットだらけに決まってるじゃない！　あなた、そんなこともわからないなんてお馬鹿さんなのね」

「あ？」

「私のような髪先からつま先まで才能に溢《あふ》れた超絶美少女を助けることができるなんて、男の子にとって誉以外の何ものでもないはずよ！　まあ？　助けてくれたら、一緒に食事にくらい行ってあげてもいいわ」

少女はふふん、と謎のドヤ顔を浮かべた。

ピンクのメッシュが入った黒髪ツインテール。くりっとしたレモン色の瞳は可愛《かわい》らしく、ちんまりとした鼻も相まって小動物のようだ。ぐるぐるに縛られているせいで体型はよくわからないが、たしかに彼女は美少女と呼べる部類だと思う。

ただ、縛られて地面に転がりピチピチと跳ねながら言われたところで響くものは何一つなくて……駿はすんと熱の引いた顔で少女を見下ろすと。

「帰るか、ミラ」

「ん」

大きくため息をついて、少女に背を向けた。

ミラティアも駿の袖を摑《つか》んで彼についていく。

「わー！　ちょ、待って、待ちなさいよ！」

「そういえば、トイレットペーパー切れてなかったっけ？」

「だいじょうぶ。買っておいた」

「おお、さすがミラ。助かる」

二人はとっくに少女への興味を失ったようで、これ以上こんなじめじめしたところに居られないと路地裏を出ていく。

困るのは縛られた少女だ。明らかに治安の悪い路地裏で、身動きの取れないまま放置なされたらたまったものではない。

「待って、ねえ！　待ってくださいぃぃいいい！　私が悪かったから！　本当に！　せめて縄だけでも解いてよぉおおお！　お願いじまぅずぅううう！」

駿たちの背中を見て必死に叫ぶ。というか、半分泣いていた。

それを受けて、駿は再び大きなため息をついて、彼女の下へ戻るのだった。

「はあ、お前はあれだな、芸人とか目指したらいいんじゃないか」

　駿は腰を落とし、少女と視線を合わせる。

「それどういう意味よ！」

「まあ、誠意を込めてお願いしてくれるなら助けてやらんこともない。正直大した手間じゃないし」

「わ、わかったわ！　どうしようもないピンチまで取っておこうと思ったけれど仕方ないわね……んんっ」

　少女は咳払《せきばら》いをして、計算しつくされた完璧な角度で上目遣いを決めると、

「ご主人様、私を拾ってほしいにゃん」

　こてんと首を傾《かし》げ、妙に甘ったるい声を出すのだった。これがアニメなら、彼女の周りにキラキラとしたエフェクトが展開されていたことだろう。

「ふざけてる、の？」

「失礼ね、大マジよ！　本気だわ！　本気に決まってるじゃない！」

「はあ、わかったよ、もう十分楽しめたしな。縄くらい解いてやるよ」

　そう言うと、駿は少女の後ろに回り込んで結び目に手を掛ける。でたらめな結び目なため、なかなか解けず苦戦を強いられた。「ちょっと早くしなさいよ」なんて、急《せ》かす少女を置いて帰ってしまいたいと思い始めた頃――ピンと糸が張るような違和感を覚えた。

「シュン」

それをいち早く察知したミラティアが駿《しゅん》の腕を引いた。

帳《とばり》が降りるように降りかかるプレッシャー。

反射的に少女を抱き上げ、駿はミラティアと共に跳躍して緊急離脱した。

と、同時に、さっきまで駿たちがいた地面が爆《は》ぜる。

「や、にゃにっ⁉」

「舌噛みたくなかったら黙ってろ」

夜空を見上げれば、星ではない無数の光が煌めいた。

それは星よりも近い距離で、こちらへ向かって荒々しく燃えていた。

数えるのが馬鹿らしくなる数のボウリング玉ほどの炎弾が降り注ぐ。

「だりぃな――ッ」

駿はカードホルダーから一枚のスペルカードを取り出し、素早く発動する。

Rベーシックスペル【フィジカルアップ】

一時的に対象の身体能力を向上させるスペルである。赤い粒子となってカードがその形を失うと、それは駿の筋力を、瞬発力を、体力を強制的に引き上げた。

「ミラ、俺らを隠せ」

「ん、もうやってる」

駿は右にミラティア、左に簀巻《すま》き少女を俵を持つように抱えると、地面を蹴って、壁を蹴って、蹴って、蹴って、屋根の上へと躍り出る。

炎弾は先ほどまで駿らがいた路地裏を埋めるように着弾した。

爆音が響き、眼下ではてらてらと臙脂色《えんじいろ》の炎が燃える。

「ちょ、どういうことよこれ!?」

「うっせえ、俺が知りてえわ。ていうか、お前が原因じゃねえだろな」

「うぅう、なによこの島。聞いてたよりぜんぜんヤバいじゃないの」

少女は手が自由だったら頭を抱えていそうな表情で、ぼそぼそと呟《つぶや》いていた。

そんなことを話しているうちに、第二弾が夜空に煌《きら》めいた。

更に広範囲に展開された炎弾が駿たちを焦がし尽くさんと殺到する。

「クソ、手当たり次第かよ」

ミラティアに頼んで、敵から姿を目視されないようにしてもらった。その試みは成功したようだが、大雑把な敵さんは容赦なく手当たり次第に攻撃を仕掛けているようだ。

駿は屋根をつたうように跳躍し、先の路地裏から更に距離を取る。

「仕方ねえ、逃げるぞ。捕まってろよ」

「ん」

「え、ちょ、逃げるって?」

駿が二人を抱えて立っているのは、ここら一帯で一番高いビルの上だ。

辺りを見回せば人工の光がチカチカと光っており、視線を垂直に落とすと、随分と遠くにコンクリートの地面が見えた。

もし、何かの拍子で落ちてしまえば無事では済まないだろう。

全身ぐるぐる巻きで身動きが取れない少女などなおさらだ。

肝が冷える。夜風に吹かれてピンクの混ざった黒髪がたなびいた。

「嘘《うそ》よね？　なんで助走つけてるの？　え？　本気？　ちょ、ま、道なんてどこにもないわよぉぉおぉぉおおおおおおおおおおおお!?」

少女の疑問に答えることなく、駿は屋根を蹴って夜空へ体を投げ出した。

背後から眩《まばゆ》い光と、爆音、爆風を感じる。

屋根から屋根へと飛び移り、全速力で駆ける駿。

風に煽《あお》られ揺れる夜よりも濃い黒髪を記憶の最後に、少女の手から意識の紐《ひも》は離れるのだった。

◇

プレイヤーとは異能のカードを操る者の総称であり、一日一枚この世ならざる異空間

――アセンブリデッキからスペル＆ライフズのカードを引き出す権利、また、それらを行使する資格を得た人間のことである。

しかし、その覚醒条件、カードの正体などは解明されておらず、日夜研究が行われている。そして、その研究のために作られたのがここ――色藤島《しきとうじま》だ。

色藤島は東京湾南部に位置する、人口約百数十万人を誇る人工島の名である。

この島には異能特例区域として、スペル＆ライフズ――通称スペルラのカードを操るプレイヤーが集められている。

集められた、と言われれば聞こえはいいが、人知を超えた危険な力を持つプレイヤーの隔離、調査、実験が主な目的であると言われている。

ただ、カードを操るプレイヤーが住んでいること。カードを研究するための施設が点在していること。試験的にカードの能力を日常へ転用した装置等が設けられていることを除けば、色藤島は普通の島である。

学校があり、家があり、ショッピングモールがあり、有名なチェーン店も揃《そろ》っている。

例えば、オカマが経営するオシャレなバーなんかもあったりして。

「もう、駿ちゃん。どうしたの、この子。気まぐれで女の子拾ってきちゃダメじゃない」

「いや、なんか落ちてたからさ」

「捨て猫みたいな扱いなの、私!?」

縛られた少女とミラティアを抱えた駿は、知り合いが経営しているバーであるシュヴァルベへと逃げ込んで来ていた。

歳《とし》は三十代前半と言ったところだろうか。細身ながらも筋肉質な体つきに、百八十センチはあろう体軀《たいく》。男らしいその顔には取ってつけたようなメイクが施されていた。

店主のオカマ——丹《に》羽《わ》鶺鴒《せきれい》は荒事にも慣れているようで、縛られた少女を見ても特に驚いた様子はなく、いつもの調子を崩さずにいる。

「私は咲《さ》奈《な》、萌葱《もえぎ》咲奈よ！　才能あふれるとってもカワイイ高校一年生！」

「あら、丁寧にありがとう。アタシは丹羽鶺鴒。このお店のマスターで、誇り高きオカマよ。オネエじゃないから、そのあたりよろしくネ」

カウンターから乗り出し、きゃぴるんと楽しそうな鶺鴒。

次に相変わらずの仏頂面を浮かべる駿へ視線を向けると、ほら、アンタも、と自己紹介をするように促した。

「……桐谷《きりや》駿。歳はお前の一つ上だ」

「わたしはミラティア。シュンの恋人、だよ」

駿に、その隣にちょこんと座ったミラティアが続いて言った。

ミラティアは咲奈には特に興味がないようで、ぼうっと虚空を見つめて足をぷらぷらと投げ出していた。

「へえ、じゃああなた一応先輩なんだ」

「駿ちゃんはほとんど学校行ってないけどね」

「…………別に学ぶことも行く意味もねえし」

駿は鶺鴒経由のコネで、スペルラ関連の研究に協力することで足りない日数分の単位を補填してもらっている。一定以上は出席しなくてはならないものの、ある程度の自由が許されていた。それも駿の抱える特殊な事情故の温情である。

「それにしても、咲奈ちゃん、傷は大丈夫？」

「平気よ、この程度かすり傷だわ」

先のプレイヤーたちに縛られた時に負ったのだろう。大怪我《おおけが》というほどのものはないが、その健康的な肌にはところどころ生々しい赤が刻まれていた。

「強いのね。でも、女の子だし傷が残ったら大変よ」

鶺鴒はカウンターから出ると、カウンターチェアに座る咲奈の傷を診る。

スペルカード――【ライフアップ】を取り出し、発動。

淡い翠色《みどりいろ》の光が咲奈を包み込み、人体の治癒能力を劇的に飛躍させるベーシックスペルの効力が発揮された。痛々しかった生傷はあっと言う間に完治してしまう。

「はい、これで大丈夫ね」

「あ、ありがと。信じられないわ。すごいのね、カードって」

「そうかしら？　【ライフアップ】なんてありふれたカードだと思うけど」

鶺鴒は治療が終わるとバーカウンターの奥へ戻り、「何かドリンクを作ってあげちゃうわね〜」なんて鼻歌を歌いながら、コンクやらボトルやらを物色していた。

慣れた手つきでドリンクを注ぎ、リズムよくシェーカーを振る。

出来上がったカクテルを咲奈へ差し出し、駿とミラティアにも同じものを作った。

「ノンアルコールカクテルだから安心していいわよ。それとも、ちょっと背伸びしてお酒を飲んでみたいお年頃だったかしら」

「ダメよ、お酒は二十歳になってからって決まってるもの。これはありがたくいただくわ。お金はちゃんと払うし」

「あら、いいのよ。そんなこと気にしないで。これはアタシからのサービスだから」

「で、でも……」

「子供が遠慮なんてしないの。ほら、喉渇いたでしょ？」

「それはありがたいけど、私は子供じゃないわ。立派なレディなんだから」

咲奈はない胸を張って、むっと表情を歪《ゆが》めた。

「子供じゃないって、子供しか言わないセリフだなあ」

「そ、そんなことないわよ！　ないはずよ……ないわよね？」

「いや、そこ自信ないのかよ」

ミラティアは貰《もら》ったカクテルをちびちびと飲み始めていた。

それを横目に見た咲奈は、再度鶺鴒に礼を言ってグラスを口に運ぶ。

シンデレラ。オレンジ、レモン、パイナップルを一対一対一で割ったもので、酸味の活《い》かされたさっぱりとしたカクテルである。

口当たりがよく、子供でも楽しめる一杯は咲奈も気に入ったようで。

「……おいしい」

驚いたように顔を綻ばせるのだった。

「あら、よかったわ。お代わりもあるから遠慮しないでね」

「なあ、なんでお前は捕まってたんだ？」

ビールを呷《あお》るようにカクテルを一気に飲み干した駿は、頬杖《ほおづえ》をついて咲奈に視線をやった。

「そんなの私が聞きたいわよ。ちょっと道を聞かれて、話をして……そしたら急に襲われたの。いくら私がかわいいからって力ずくでものにしようなんて最低なやつらだわ」

「急に、ね。心当たりはないのか？」

「私がかわいいこと以外にかしら」

「ああ、お前が可愛《かわい》いかもしれないこと以外にだ」

「そう、ならないわね」

「あ、待てよ。そうか、お前不正渡航者だろ」

「ぎ、ぎくぅ！　なんて思ってないわよ⁇　ええ、私は正しい渡航者だもの」

それを聞いて鶺鴒はなるほど、と得心がいった様子で、ミラティアはと言うと、一杯目のカクテルを飲み干し、鶺鴒におかわりを要求していた。

「なんだよ……正しい渡航者って」

色藤島はスペル&ライフズのプレイヤーに覚醒した者を収容するという性質を持つため、一般的に自由な出入りが許可されていない。この島に住むのは、本土で覚醒し連れてこられたプレイヤー、島の運営に関わる仕事をする非プレイヤー、そして研究職の人間である。

虹来祭《こうらいさい》などの例外も存在するが、基本的にこれら以外の人間が色藤島へ渡島するには特別な許可が必要となるのである。

咲奈はその許可を得ていない不正な渡島をした者だと疑われているわけだが、彼女の反応を見る限り黒であることは間違いないだろう。

「あら、だから物珍しそうにカードを見てたのね。不正渡航なんてやるじゃない」

「思い返せば、拾った時もなんか不自然だったしな」

「も、ももも し仮に私が不正渡航者だったとして、それと狙われたことに何の関係があるのよ」

「色藤島に来るのに正式な登録をしていないということは、この島にいる間のお前の身分は保証されてないってことだ。非プレイヤーで身元不明の少女なんて色々と使い道あるだろうな。俺らが通りかかってなかったら、今頃内臓がいくつかなくなってたんじゃね」

「え、う、嘘よね？　さすがに脅しよね？」

「そう思うなら、お前はこの島を、スペルラを舐《な》め過ぎだ」

咲奈は、もし駿《しゅん》に助けられなかったらの未来を想像して身震いする。

この島にはスペル&ライフズについて専門に取り締まる公安組織も存在するが、それでも全てをカバーできるわけではない。科学の通用しない異能の力が存在して、そこに深い影が落ちない道理はなく、また、その状況を都合よく思っている組織も少なくはないのだ。

「で、不正渡航なんてどうやったんだよ」

「えと……それは、その……貨物船に紛れてちょろっと……」

「ふぅん、この島のセキュリティも案外ガバいのな。それかよっぽど運がよかったか」

そもそも、異能の力飛び交う魔窟にわざわざ足を踏み込もうとする者が珍しいのかもしれない。逆に色藤島の住民が外へ出る場合のセキュリティは高いと聞く。

「駿ちゃん、少し脅し過ぎよ。危機感を持たせるのは悪くないけど、普通に暮らす分にはいい街じゃない」

「そうだな、咲奈が普通に暮らすためにここに来たならそうかもな」

「そうね……なら問題ないかしらね」

「あそ」

不正渡航をする時点で、普通ではない事情があるのは察せられるが、咲奈はそこまで見抜かれていると知ってか、知らないふりをしてか、下手くそな作り笑いを浮かべる。

「鶺鴒さん、ちょっとお手洗いを借りるわね」

「え、ええ。いってらっしゃい」

咲奈は勢いよく立ち上がると、一気にグラスを呷る。

案じるような鶺鴒の視線から逃れるように早足で店の奥へと行ってしまった。

「あ、そうだ、駿ちゃん。話は変わるけど、オラクルって名前に聞き覚えはあるかしら」

「なんだそれ」

「詳しくはアタシも知らないんだけど、ある噂《うわさ》が流れると同時にその名前も聞くようになったの。カードを用いない異能の行使――プレイヤースキル持ちの噂よ」

「な、んだと――っ」

鶺鴒の話を聞いて、駿の表情が鬼気迫るものに一変する。

プレイヤースキル。そのための実験をしていたセレクタークラスを出てからついぞ聞かなくなったワードだ。

その実験施設を運営していた組織のことも、新たなプレイヤースキル持ちのプレイヤーのことも、駿が捜し続けている生き別れの妹のことも、全く手掛かりを摑《つか》めていないのが現状である。

寝耳に水。突然の身内からの情報に駿は冷静ではいられなかった。

「どこでだ!?　誰が!?　なんで早く言ってくれなかったんだ！」

「ちょ、落ち着いて駿ちゃん。本当に詳しくは知らないのよ、噂話程度だから」

「そ、そうか……わりぃ」

バーカウンターに思いきり手をついて立ち上がった駿は、気まずそうに目を伏せる。

落ちるようにカウンターチェアに着いて目の前のグラスを握った。

「ごめんなさい、軽はずみに適当なこと言って。駿ちゃんがどれだけ思い悩んでいたか知ってたはずなのに……もう少しちゃんと調べてから伝えるべきだったかしらね」

「いや、そんなことはない。情報助かった」

気落ちすることはない。火のない所に煙は立たぬというし、噂話程度だとしても大きな進歩だ。ずっと足踏みしていたのが、やっと一歩踏み出せるかもしれない。

「ううん。アタシの方でもお客さんから話を聞いて情報を集めてみるわね」

「ああ、よろしく頼む」

セレクタークラスを襲撃されて、離れ離れになってしまった妹の凜音《りんね》。

四年前からずっと彼女の行方を捜している。

そのためにあれからずっと力を蓄えてきたのだ。

「……シュン」

ミラティアは駿の裾を引き、上目遣いで何かを訴えかける。

「ん？　ああ、そうだな。プリン買い直さないとだったな」

駿はカウンターチェアから立ち上がり、ミラティアもそれに続く。

「ちょ、ちょっと待ちなさいよ！」

すると、トイレから戻って来た咲奈《さな》が駿を引き留めた。

拳を握り込み、口元をもにょもにょと動かす咲奈。

「あ？　なんだ？」

「そ、その……助けてくれてありがとと！　それだけよ」

頬を朱色に染めながらそう言うと、プイとそっぽを向いてしまった。

「別に。ただの暇つぶしだよ」

「本当かしら。その割には最後必死だったじゃない」

「ん、シュンは素直じゃない」

「うっせえ」

口元に手を当ててニヤっとする咲奈に、いつもの無表情を緩めるミラティア。

それを受けて今度は駿がそっぽを向くのだった。

カラコロンとベルを鳴らしてシュヴァルベを後にする。

時刻は零時を回り、喧騒《けんそう》を脱ぎ捨てた街はどこか物寂しい。

髪の隙間を通って夏の重苦しさを風が攫《さら》う。

「シュン。あの子を見て、妹、思いだした？」

「なんでだよ、似ても似つかないっての。凜音はもっと落ち着きがあって、しっかりして、賢くて……まあ、でもたまに抜けてるとこもあって――」

だから、咲奈とは似ても似つかない。

ただ、鶺鴒《せきれい》からプレイヤースキル持ちの話を聞いたから、少しだけ意識させられてしまったかもしれないけれど、それだけだ。

「そっか」

ミラティアはそれ以上は何も言うまいと口を噤《つぐ》むと、そっと駿の手を握った。

妹の凜音のことは、これまで一度も忘れたことはない。

どれだけ会えない日が積み重なろうと、彼女の声も、匂いも、その体温も、柔らかな笑顔も色褪《いろあ》せずに駿の中に残っている。

凜音は心優しく、駿よりもよっぽどしっかりしていて、決して理不尽に幸せを奪われていいような子ではなかった――。

◇

セレクタークラスでの生活は異常で、過酷で、平穏とは程遠くて——それでも、凜音が隣にいるというだけで、幸せな日常だったと今なら思う。

駿は本土でプレイヤーに覚醒した後、凜音と共に色藤島《しきとうじま》に連れてこられた。

それから十歳から十三歳までの間をセレクタークラスで過ごすことになる。

ここは、色藤島に数あるスペル&ライフズに関する実験施設の一つであり、セレクタークラスではライフが持つスキルを抽出、変容させ、プレイヤーに付与する実験が行われていた。

色藤島ではスペル&ライフズの研究が推進されているものの、人体を実験対象とするのは一部を除いて違法である。にも拘《かか》わらず、ここまで大規模な実験室が息を潜めていられるのは、国に黙認されているからだと駿は思う。

一週間の内六日は、中等教育などを交えた勉学、スペルラに関するプログラムを受ける。その間に研究棟に呼び出されれば無条件で連れ出される。食事はダイニングホールにて決められたものが配給されていた。

「兄さん？　なにか考えごと？」

味の薄い簡素な昼食を機械的に口へ運んでいると、正面の凜音から声がかかる。

肩の辺りまで伸びた亜麻色の髪。小学生にしては大人びた雰囲気を纏《まと》っているものの、あどけない顔立ちでどこか庇護《ひご》欲を掻《か》き立てられる。

しかし、普段から凜音の方がしっかりしているのが現実であり、どちらかと言えばお世話されているのは駿の方であったりした。

「ああ、いや、なんでもねえよ。相変わらずクソまじぃなって思って」

駿は味付けの薄い焼き魚をつまんで、嫌そうな顔でもう一切れを口に入れた。

「ね、もう慣れちゃったけど。あーあ、私が作っていいなら、兄さんにもっとおいしいものを食べさせてあげられるのに」

「たしかに、凜音の料理が恋しいよ。最初は卵焼きとか真っ黒だったけど、いつのまにか俺より上手《うま》くなってたしなあ」

「もう、兄さんはいつの話をしてるの！」

凜音はむっと頬を膨らませて抗議する。

味気のない食事だが、必要な栄養素は過不足なく取らされている。この食事に嗜好品《しこうひん》としての意味合いはなく、ただの栄養補給であるのだろうが、三食食べさせてもらえていることには感謝するべきなのだろう。

「ていうか、兄さんもっと友達作ったらいいのに。私以外だと夜帳《とばり》さんくらいとしか喋《しゃべ》ってないんじゃない？」

「おい、あいつを友達カウントするな」

「えー、兄さんなんだかんだ楽しそうにしてるじゃん」

「してない……ただでさえ不味《まず》い飯がさらに不味くなるからあいつの話はもうするな。てか、凜音こそ……いや、凜音が友達いないわけないか」

お前こそ、と言い返そうと口を尖《とが》らせるも、途中で負けを悟ってため息をつく。

「ふっふ、せいか〜い。私はちゃんと友達いまーす」

「じゃあ、昼飯もその友達とやらと食べればよかったじゃんか」

「なに？　兄さん拗《す》ねてるの？　これはぼっちな兄さんへの気遣いだよ。どう、嬉《うれ》しい？」

「はいはい、ありがとうな。妹様には頭が上がらないよ。まあ、ここで友達なんて作っても……なんでもねえ」

どうせすぐ居なくなるだろ、そう言おうとして止《や》めた。

それは社交的で友達の多い凜音の方が身をもってわかっていると思ったから。

セレクタークラスでは常に四十人前後の少年少女たちがいる。歳《とし》はだいたい八から十七歳くらいまで。なんらかの理由で人が減れば、どこからかまた補充される。

「あ、そうだ兄さん！　午後暇だよね」

「ああ、今日のプログラムはもう終わったしな。多分、研究棟にも呼ばれないと思うし」

「そっか、じゃあ勉強できるね」

「へ？」

「え？　兄さん、次のテストの規定ラインぎりぎりだよね？」

「いや、いいよ。なんだかんだラインは超える気がしてるし、当日になったらなんとかなるかなあ、なんて」

「だーめっ！　ペナルティ受けたくないでしょ？　私が見てあげるから、一緒にがんばろう？　ね？」

「妹に勉強教えられる兄って……」

「それは兄さんが真面目にプログラム受けないからいけないんでしょ。ほら、食べ終わったらスタディルーム行くからね」

そう言って頑《かたく》なに譲らない凜音に引っ張られて、駿《しゅん》は自習室に連れていかれた。

壁一面に設置された本棚。並べられているのは、小説から専門書、児童書、教科書など様々なジャンルの書籍で、統一性はなくただ量だけがあった。

駿と凜音は十数人が座れる長方形の大きな机に隣り合って座り、教科書を開く。

それからしばらくは真面目に教科書を読み込み、練習問題をひたすら解いていた駿だったが、ちょうど四十五分くらいが経過した頃、うとうとと舟をこぎ始める。

シャーペンを握ったままの体勢で居眠りをする。ノートにはミミズが這《は》ったような跡が書き残され、口端からはよだれがつたっていた。

「起きてっ！　もう、まだ一時間も経《た》ってないよ！　ちゃんとやってよ」

凜音はむっと頬を膨らませて、額に全力のデコピンをお見舞いする。

ゴツ、と鈍い音を立てて駿の頭がぐらついた。

「………ってぇ」

駿は額をさすり、辺りを見回して状況把握をすると、にへらと笑った。

凜音の口元はにっこりとしているが目は笑っていない。

「お・に・い・ちゃ・ん？」

「いや、あれだな、いい瞑想《めいそう》だった。集中力高まったなあ」

「眠ってるように見えたけど？」

「瞑想とはそういうものだ」

「兄さん……それいろいろなところから怒られそうだよぉ。バカなこと言ってないで真面目に勉強しよう？」

これではどちらが年上かわからない。

凜音は呆《あき》れ顔《がお》で駿の方へと数学の教科書を押し出した。

「凜音ほんとに偉いなあ。自慢の妹だ」

「兄さんが不真面目すぎるんだよ。ボーダーラインクリアできなくてもしらないからね」

「まあ、頑張るよ。凜音も愛《いと》しのお兄ちゃんがペナルティを受けるのは心苦しいもんな。

そりゃ、お兄ちゃんには真面目に勉強してほしいよな」

「兄さんなんかキモい。そんなわけないじゃん。私は善意で、本当に仕方なく、教えてあげてるだけだもん」

心なしか凜音《りんね》の視線が冷たい。

それでも、駿の態度は一貫していた。

「照れちゃって」

「私やっぱり帰るね、兄さん」

「いえ、真面目に勉強します！　頑張らせていただきます」

駿はわざとらしく敬礼すると、慌ててシャーペンを握りなおしてノートを見つめた。

「まったく、初めからやる気出せばいいのに」

駿はまともにプログラムなんて受けないのに、なんだかんだ一度もボーダーラインを割ったことがない。凜音は心配しながらも、内心では今回もどうせぎりぎりで通るのだろうと思っていた。

地頭はいいのだから、もっと勉強したらいいだろうに、駿はわざと点数を取らないようにしているとさえ思える。凜音はやる気のない兄を見て、大きくため息をつくのだった。

「出せるもんなら俺も出したけどな。やる気があるって才能なんだろうなあ」

「言い訳禁止です」

「はいよ。とりあえず、目覚ましたいからトイレに行って顔洗ってくるわ」

よっこらせ、と中学生らしくもない掛け声とともに立ち上がる。

部屋を出たところにあるトイレまで重たい足どりで向かっていった。

「もう、まったく兄さんは。そろそろ妹離れしてくれないと困るよ」

兄への不満を漏らしながらも、彼女の表情は柔らかいものだった。

凜音は兄にばかり構っていられないと、自分の勉強を再開する。

すると、

「あら、凜音さん！」

「千世《ちせ》！」

腰元まで絹のような黒髪を伸ばした少女——千世がやってきた。

彼女は凜音の友達で、お淑《しと》やかな笑みを浮かべて手を振る。

凜音は驚いたように声を上げ、その後に今の状況を思い出して焦りを感じた。兄と二人で仲良くお勉強。そんなシーンを見られたらブラコンだと勘違いされてしまうかもしれないからだ。普段の生活の様子からその心配事は全くの無意味であり、桐谷《きりや》兄妹の仲の良さは知れ渡っているのだが、凜音はそんな事実は認めていないのである。

「お勉強ですか？　テスト近いですもんね」

「そうそう、ちょっと心配なところがあってさ」

「もしかして、例のお兄さんも一緒とか？　本当仲が良くて羨ましいです」

千世は目ざとく席を外している連れについて言及する。

凛音は駿がトイレから帰って来るまでに千世を退散させようと心に決めて話を続けた。

「ち、違うよ～。休みの時まで駿の顔なんて見たくないし」

「え～、本当ですか？」

「ほんとほんと。千世も勉強に来たんじゃないの？　引き留めちゃってごめんね」

「引き留めてって、声をかけたのは私の方なのに、おかしな凛音さん」

「あはは、そうだね、私なに言ってるんだろ」

「よかったら、私が教えて差し上げましょうか？　こう見えて、セレクタークラスの中でも筆記の成績はトップクラスなんですよ」

「え？　いいよいいよ！　申しわけないし、千世の手を煩わせるまでもないっていうか……！」

中々帰る様子のない千世に凛音は更に焦りを覚え始めた。

このまま駿が帰ってきたら、面倒なことになるのは目に見えている。どうにかしないと、と思考をぐるぐるぐるしていると――タイムリミットがやってきた。

「あれ？　凛音の友達？」

冷水で顔を洗って、シャキッとした表情の駿が現れる。

それを見て、千世の表情が面白いものを見つけたと言わんばかりに華やいだ。

凜音は諦めて大きくため息をつき頭を抱える。

「あ！　やっぱりお兄さんじゃないですか！　というか、お兄さん私のこと覚えていないんですね。セレクタークラスなんて何人もいないのに」

「わりぃ、ここ入れ替わり激しいからさ」

セレクタークラスでの駿と凜音の登録番号は、それぞれ０９９と１００。千世は２０９。駿たちが入った頃から今でもいるメンバーなど、数えるほどしかいなかった。

去ったものがどうなっているかは、駿たちには知るすべがない。

もうこの世にいないのか、案外、外の世界で幸せに暮らしているのか。

「なるほど。お兄さん、凜音さんと仲いいですよね」

「まあ、兄妹だしな。凜音がブラコンで困るよ」

「はあ？　駿、なに言ってんの！　そっちがシスコンなんじゃゃん！　勝手なこと言わないでよ」

「そうか？　昔はあんなにお兄ちゃんにべったりだったのに」

「だからいつの話してるの!?」

「ふふ、聞いてくださいお兄さん。凜音さん、いつもお兄さんの話ばかりするんですよ？　昨日ね、駿がね、って」

「ほうほう、それは詳しく聞きたいな」

「いいですよ～」

そんな二人の会話を聞いて、凜音の頬は徐々に赤く染まっていく。

「もう、千世やめてよ！　兄さんも！　怒るよ！」

「凜音さんの兄さん呼びいただきました！　今までもたまに漏れてることあったけど、こうやって本人を前に聞くときゅんきゅんするわ」

「なあ――っ、それはちがくて」

「いつもは駿なのに、やはり二人の時はお兄さん呼びなんですね」

「ち、違うもん！　今は動揺してたまたまそう呼んじゃっただけで」

たしかに、凜音は人がいる前では駿のことを名前で呼ぶ。

千世はこれはいいネタになるぞ、とここぞとばかりに凜音を責め立てる。ニマニマとなかなか悪い顔をしていた。

「凜音さん、意外と甘えん坊さんなのですね～」

「だから違うって！　ここに来る前ご飯作るのはいつも私だったし、朝だって私が起こさないと起きないし、今日だって駿がぜんぜん勉強しないから私が手伝ってあげてるの！」

「うーん？　それやっぱりブラコンなのではないですか？」

「ち～が～う～よ～！　もぉ、なんでわかってくれないの！」

顔を真っ赤にしながら、凜音はぽかぽかと拳を振り下ろしながら千世に詰め寄った。

――嗚呼《ああ》、懐かしい記憶だ。

決して恵まれた環境ではなかったけれど、凜音がいるというだけでどれだけ幸せだったか、なんて今なら思う。

大切なものは失ってから気づくというのは本当だった。

もうこの手にはないものだけが輝くのだと知ってしまった。

たとえ彼女を取り戻したとしても全てが元通りになんてきっとならなくて、一度壊れてしまえばそれ以外の何かにしかならないとわかっていた。

今の凜音がどうしているかをずっと考えないようにしてきた。

あの頃と同じように実験対象としての日々を送っているのか、それとも案外新しい仲間に出会って楽しく過ごしているのか。もしかしたら、駿のことなんて忘れてしまったかもしれない。自分を置いていった駿のことを恨んでいるかもしれない。

それでも――約束したのだ。

絶対にここから連れ出してみせる、と。

凜音がまだそこに囚《とら》われているというのなら、迎えに行かないと。

そうでなければ、駿はどうして一人のうのうと生きながらえていると言うのだ。

凜音を助ける――駿はあの時の約束にしがみついて今も生きているのだ。

◇

「本当にいいの？」

「いいに決まってるじゃないの。それに、他にどこか泊まるあてがあるのかしら」

シュヴァルベに残った咲奈《さな》は、鶺鴒《せきれい》から宿を貸してあげようと提案されていた。

匿《かくま》ってもらい、飲み物を貰《もら》って話も聞いてもらった。これ以上何かをしてもらうのは申し訳ないと遠慮する咲奈だったが、鶺鴒は煩わしさなど一切感じさせない笑みを浮かべている。

「それは……ホテルとか」

「不正渡航者を泊めてくれるホテルがあればいいわね。アナタ未成年でしょ？　身分の確認をされた時にバレたらどうするの？」

「じゃ、じゃあ、その辺の公園、とか」

「あら、さっきの事件をもう忘れちゃったの？　さすがに二回目は駿《しゅん》ちゃんも助けきれないと思うわよ」

「じゃ、じゃあ……えっと」

「さっきも言ったじゃない。子供が遠慮しないの。あ、襲われるかもって思ってるなら安心していいわよ。アタシ、オトコにしか興味ないから」

「そんな心配はしてないわ。そうじゃなくて……あなたには私を助けるメリットがないじゃない」

「あら、じゃあアナタはメリットがなかったら人を助けないの？」

「そんなことは……ないけど」

「なら問題ないわね」

「…………この島に来た理由を聞かないの？」

「聞かれたくないから黙ってるんでしょ？　それをわざわざ聞き出そうなんてしないわよ。話せる時が来たら話せばいいし、それが無理だって言うならそれでもいいわ」

鶺鴒は子を慈しむような優しい目をして、ふっと微笑《ほほえ》んだ。

今の咲奈にはそれが心苦しかったのか、膝元に視線を落とした。

「どうしても後ろめたいって言うなら、将来同じように困ってる人がいたら助けてあげて。咲奈ちゃんはそれができる子だってアタシは思うから」

「……わかったわ。絶対助けるって約束する」

「うん。偉い偉い」

鶺鴒が咲奈の頭を優しく撫《な》でると、彼女はむっふーっと頬を膨らませて抵抗する。両手を忙《せわ》しなく動かす様は子猫のようだった。

「こ、子供扱いしないでっ！」

「あら、そうだったわね。ごめんなさい」

　今までずっと気を張っていたのだろう。安心して気が抜けたのか、咲奈は控えめに欠伸《あくび》を漏らす。バーカウンター越しの鶺鴒はそれを微笑ましそうに見ていて、彼に気付いた咲奈は慌てて口元を塞いだ。

「ねえ、駿と鶺鴒さんはどういう関係なの？」

「あら、駿ちゃんに興味があるの？」

「きょ、興味って、そういうのじゃないわよ！　勘違いしないでくれる？」

「それがどういうのかは聞かないでおいてあげるわね。アタシは駿ちゃんのことを息子みたいに思っているわ。こうやってたまに頼ってくれるのも嬉《うれ》しかったりして」

「ふぅん、息子……か」

「咲奈ちゃんはどう思った？　助けられて惚《ほ》れちゃった？　駿ちゃんの好きな物とか教えてあげましょうか？」

「だから、そういうのじゃないって言ってるでしょ！　助けてもらったのは感謝してるけど、いけ好かないやつだと思ってるし」

　縛られている時のやり取りを思い出したのか、咲奈はむすっと不満顔を浮かべる。

「うふふ、不愛想でぶっきらぼうだけど、なんだかんだアナタのことを心配してると思うわよ？」

「ほんとかしら。とてもそうとは思えなかったけど」

シュヴァルベに入店した時に、こっそり店の看板を裏返してCLOSEDにしていたのは咲奈を休ませて事情を聞くためだろうし、そもそもこの店を逃亡先に選んだのも、端《はな》から咲奈を鶺鴒に預けようと思ってのことだろう。駿は決してそれを口にはしないが、鶺鴒はその全てを察しているから、不器用だけど優しい子だと感じる。

「本当に困った時は頼ってみたらいいんじゃない？　きっと助けてくれるわよ。ぶつくさと文句を言いながらもね」

「そう。予定はないけど一応その言葉は覚えておいてあげるわ」

それを聞いて、咲奈はんべっと舌を出して嫌そうな顔をするのだった。

◇

プレイヤーに覚醒した者は強制的に色藤島《しきとうじま》に連れてこられる代わりに、島で暮らすための最低限の保障は充実している。一律の生活費の支給、公共交通機関の無料化、そして学生のための寮制度もその一つであった。

シトロンメゾン２０５号室。

この妙に洒落《しゃれ》た名前の寮が駿とミラティアの住処《すみか》である。１ＤＫと一人暮らし用の寮の

中では余裕がある造りで、築五年と中々に新しく、外装内装共に小ぎれいな様を保ってい
た。黄色を基調として彩られたこのアパートは、辺りでもよく目を引く。

「シュン、男の人は大きなおっぱいがすきだと聞いた」

「どこの知識だよ……人によるだろ、それは」

開口一番また訳のわからないことを言い出すミラティアに、駿は手元の本に視線を落と
しながら答える。

「シュンはどっちが好き？　大きい方？　小さい方？　わたしのおっぱいはすき？」

ミラティアはあくまで真剣なトーンでそれを尋ねる。

彼女は偏った知識ばかりいったいどこで手に入れているのだろうか。

駿は栞《しおり》を挟んで本を閉じ、ミラティアに視線を向けて思わず息を呑《の》んだ。

「な――っ!?　お前、なんて格好してんだよ」

そこには一糸まとわぬ産まれたままの姿のミラティアがいた。

新雪のような真っ白な肌に、すらりと伸びた手足。ミラティアはちょうど手に収まるく
らいのマシュマロのようなそれを惜しげもなく晒《さら》し、直立している。

お風呂上りで上気した肌に濡《ぬ》れた髪が妙に艶《なま》めかしかった。

彼女の髪や体を伝って落ちた水滴が床を濡らし、小さな水だまりを作る。それすらも美
しいと思えてしまうのは、彼女の人間離れした容姿ゆえのことだろう。

「タオル、なかったから」

「入る前に準備しとけって言ってるだろ!?」

駿は困ったように頭を掻《か》いて、手元にあった一枚のレア度Nのアームドスペルを発動させる。青い粒子が散り、駿の手元にはブラウンの簡素なタオルが収まった。

「あぷ……ぅ」

駿が顕現させたタオルを勢いよく投げつける。それはちょうどミラティアの膝から上を隠す様にきれいに覆いかぶさり、できの悪い幽霊が完成した。ミラティアはふらつきながらタオルを取ると、慣れない手つきで体に巻き付けた。

「てれてる?」

ミラティアがこくりと首を傾《かし》げる。

「照れてない」

「興奮してる?」

ミラティアは逆の方向に再度首を傾ける。

「興奮してない」

「……見たい?」

「見た……くない」

ちょっと間のある返答に、ミラティアの口角が僅かに上がった。

仕方ない、これでも駿は健全な男子高校生なのである。

「本当に？」

踊るようなステップを踏んで、ミラティアは駿の隣に座る。

最近購入したブラウンのソファがボスン、と音を立てて沈んだ。

駿は端に寄ってミラティアと数センチ距離を取ったが、その分、いや、さっき以上に密着するようにミラティアは体を滑り込ませる。

「服を着ろ。風邪ひくぞ」

「わたし、かぜひかない」

「……それはそうだ。でも、服は着ろ」

きょとん、と首を傾げるミラティア。

駿はタンスの上に無造作にたたまれたもこもこのルームウェアと下着を手に取り、乱暴にミラティアの方へ放った。あぅ、と潰れた声を漏らしたミラティアは、手に取った服を不満そうに見つめていた。

「シュンはもっと素直になるべき」

「悪かったな、ひねくれてて。ミラはもっと慎みに恥じらいを覚えるべきだ」

ミラティアはルームウェアに袖を通したはいいものの、なかなか首が出ず苦戦しているようだった。このままだと布を突き破って頭部がこんにちはしそうな勢いだったので、駿がルームウェアをずらして誘導してやる。

やっと頭を通したミラティアは、ぷはぁ、なんて声を上げて息を吐きだした。

「シュンはこっちの方がすきだと思った。ちがう？」

「………どうだろうな」

否定も肯定もしなかった。それははぐらかしたかったからか、自分でもわかっていなかったからか。ただ、ミラティアは駿自身よりも駿のことをわかっているようなきらいがあるから、彼女にそう言われてしまうと、そんな気がしてくる。

「むぅ……」

「髪乾かすからこいよ」

駿は立ち上がると、ドライヤーを手に取ってミラティアを手招きした。

「そんなすてきなイベントが」

ミラティアは瞳を輝かせて跳ねるように駿の膝元へとやってきた。

胡坐《あぐら》をかく駿の上にちょこんと座り、彼に体重を預ける。

駿は手櫛《てぐし》でミラティアの髪を整え、ドライヤーのスイッチを入れた。

暖かい風がブルートパーズの髪を揺らし、ミラティアはくすぐったそうにきゅっと目を閉じた。

不正渡航をしてやってきた少女、萌葱《もえぎ》咲奈。逃げる際に追い打ちを仕掛けてきたプレイヤーの狙いは咲奈《さな》か、はたまた駿《しゅん》とミラティアか。鶺鴒《せきれい》がこぼしたオラクルというワードに、プレイヤースキルの噂《うわさ》についても気になる。

ほんの数時間で考えることが倍以上に増えてしまった。

「これから忙しくなりそうだなあ」

「ん、だいじょうぶ。わたしがいる。わたしはシュンの恋人だから」

「ああ、頼りにしてるよ」

ドライヤーの音でミラティアが何を言っていたのか、駿は聞き取れなかった。

聞き取れなくても、わかった。

彼女はいつでも駿の味方でいてくれるから。

彼女だけは絶対に駿を裏切らないから。

だから、駿は自覚しながらも、ミラティアにだけは少し甘えてしまうのだ。

◇

――リリリリリリリリリリリリ。

けたたましいアラーム音が響き、駿の意識が滲《にじ》むように覚醒する。

重たい瞼《まぶた》を擦《こす》り、タオルケットから手を伸ばして枕もとのスマートフォンを手に取った。

現在朝の六時。目覚ましアプリに設定した時間は七時だったはずだ、と半覚醒の頭で思い悩んだのは一瞬、それがＲＡＩＮの着信だと気づいた。表示されている名前は丹羽《にわ》鶺鴒。

「ちっ」

駿は短く舌打ちをすると、着信をぶち切り再びタオルケットをかぶった。

「……シュン？」

今の着信音で隣で眠るミラティアも瞼を擦り、のそりと起き出した。

「なんでもねえ」

「……ん」

寝ぼけているミラティアは、シュンの腕をぎゅっと摑《つか》んで丸くなる。

眠気に任せて再び目を閉じると。

――リリリリリリリリリリリ。

再び着信音が響いた。相手は確認するまでもなく鶺鴒だろう。

「ちっ、クソうぜえ」

駿はやけくそ気味にタオルケットを投げ捨て、スマートフォンを手に取った。

通話を繫《つな》げると、機嫌の悪さを隠そうともせず舌打ちをした。

「あ？」

「ちょっとぉ、なんで一回で出てくれないのよ！　大変なんだから」

「ああ、そうだな、大変だ。お前のせいで俺の睡眠時間が一時間削られた」

「もう、朝弱いのは相変わらずなのね。そうじゃなくて、起きたら咲奈ちゃんがいなくなってたの！」

鶺鴒は珍しく慌てた様子で、スピーカー越しに唾が飛んできそうな勢いだった。

「朝の散歩にでも行ってんじゃねえの？」

「だって、もう一時間も帰ってこないのよ」

「別に子供じゃねえんだし、ほっとけばいいだろ。気が向いたら戻って来るって」

「何言ってるの。子供よ。咲奈ちゃんも、あなたもね」

「ちっ……俺に捜せって言いたいのか？」

「あら、話が早いじゃない」

「やだよ、めんどくさい」

「咲奈ちゃんがこのままどうなってもいいの？　駿ちゃんはそれでも何も思わない？　昨日だって大変な目にあったんだし、この島の闇はあなたが一番知ってるでしょう？」

鶺鴒の諭すような物言いに、駿は不機嫌そうに頭を掻きむしる。

ここは咲奈が攫《さら》われて実験台に、なんてことが現実に起こりうる場所だ。見る人が見れば彼女が非プレイヤーであることは一目瞭然だし、確率的には低くともありえなくはない。

それはとても寝覚めの悪い話だ。

少し話しただけだが、彼女が悪いやつではないということはわかる。

「あ〜〜〜、もう、わあったよ。捜すよ、捜せばいいんだろ」

「さすが駿ちゃん頼りになるわ〜！」

「言っとくけど、見つかる保証はないからな」

「大丈夫よ。駿ちゃんならどうせ見つけるでしょ。じゃ、後は任せたから〜」

テンションを百八十度変えた鶺鴒は、最後にぶっちゅとリップ音を鳴らして通話を切った。彼はどう転がって駿に捜索をしてもらうつもりだったのだろう。

それがわかると、なんだか無性に腹立たしくなった。

「ちっ」

「シュン？」

「仕方ねえ。行くぞ、ミラ。準備しろ」

駿は寝巻きのジャージを脱ぎ捨て、外行きの服に着替え始める。

「ん、がってんしょうち」

「不正渡航者なんて何やらかすかわかんねえからな。位置情報をわかるようにしといてよかったわ」

「ふふ」

「なんだよ、ミラ」

「なんでもない。シュンがそう言うなら、そういうことにしてあげようと思って？」

◇

Nアームドスペル【月の粉】
文字通り月色の淡い粉末物であり、目視は難しいほどに細かく、質量を感じさせないものである。

駿はこれを昨日のうちに咲奈に付着させていた。

【月の粉】そのものにはなんの力もないが、もう一つのアームドスペル――R【太陽の羅針】と合わせることで強力な発信機としての効果を発揮する。【太陽の羅針】は燈色の手の平サイズの羅針盤で、その針は同プレイヤーが使用した【月の粉】の行方を指し示す。

駿は【太陽の羅針】を頼りに、ミラティアと共に咲奈の下へと急行した。

たどり着いたのは、シュヴァルベからそう遠くない場所に位置する港町だった。

等間隔にヤシの木が並んだ、人通りの少ない海沿いの道。

潮風に叩《たた》かれて揺れるピンクのメッシュが入ったツインテールの黒髪が目に入った。

咲奈は思い起こすようにゆっくりと瞬きをする。スマートフォンから視線を上げる。見比べるように、憂いを秘めた表情で海の向こうを見た。

「よお、不良娘」

「駿!? どうしてここが……」

「偶然だよ、偶然。ここ、俺の散歩コースなんだ。で、お前は何してんだ?」

「えっと……そう! せっかく色藤島《しきとうじま》まで来たんだから観光でもしようと思って!」

咲奈は今思いつきました、とでもいうように顔を上げる。

「へえ、わざわざ不正渡航までした目的が観光なのか?」

「それは……その……」

次は決まりが悪そうに視線を逸《そ》らし、髪先を指に巻いたりしながら口ごもった。まったく、表情筋が忙《せわ》しなく動くやつである。

「はあ、とりあえず飯でも食うか」

「……へ?」

「お前が観光したいっつったんだろ。たしか、ちょっと上がったとこにミンスタで人気の店があったな」

「シュン、わたしは甘いものがたべたいです」

「よし、腹も減ったし行こうぜ」

そう言って、駿はミラティアを連れて歩き出す。

「ちょっと、なんでご飯行くことになってるのかしら!?」

地図アプリを使って店の場所を調べていると、後ろでキンキン声が響く。

咲奈は勝手に話を進めて、歩き始めるマイペースな駿に不満気な様子だ。

「他に目当ての観光スポットでもあったのか？」

「ないわよ！　ていうか、観光なんて適当にごまかしで言っただけに決まってるじゃない！」

「おい……それ、自分で言うのか」

駿が呆《あき》れて振り返ると、咲奈は悩んだ末に「ん！」とスマートフォンの画面を突き付けてきた。画面にはここと同じ場所で、一人の少女が笑顔でピースをしている写真が写っていた。立ち並ぶヤシの木の隙間、海の向こうに沈む、燃えるような夕焼けが幻想的だ。

「…………実際に見ると、案外しょぼいものね」

「時間帯と写真の撮り方だろ。カメラマンがうまいんだよ。てか、観光地なんてどこもそんなもんだろ」

咲奈が何を思ってこの写真を見せてきたのか、何を思い悩んでいるのか、この写真がなんなのかもわからないから、駿は言葉の表層のみを受け取って返答する。

参考写真に惹《ひ》かれて行ってみるも、思っていたのと違うなんてよくあることだ。

映える料理とか、美しい景色とか、オシャレな店内とか。

綺麗《きれい》な都合のいいところだけを切り取って、張り付けて、心惹かれるよう飾り付ける。

「ねえ、駿はいい人……？」

「いい人だって言ったらお前は信じるのか？　本当に悪いやつは、俺は悪いですってわかりやすい顔してないと思うぞ」

「それはそうだけどっ！　その、もっと私を安心させるような言い方しなさいよ。こういうときは！」

「しねえよ、俺はいい人だからな。そういうのは自分で判断しろ」

「むぅ……」

咲奈はいけ好かない態度の駿に、頬を膨らませて不満を表す。

それでも、当の本人はどこ吹く風で咲奈の態度を気にした様子はない。

「で、行くの？　行かないの？」

その問いかけに、咲奈は口を開かず、しかし代わりに、

――ぐぎゅるぎゅる。

と、彼女のお腹《なか》が元気よく空腹を主張するのだった。

「正直な体だな」

「う、ぐぅ……」

咲奈は慌てて両手で腹部を押さえ、顔を真っ赤にすると恨めしそうに駿を見る。

「…………いく。行ったげるわよ！　仕方ないから！　でも全部あんたの奢《おご》りだから

ね!!」

「はいはい。わかった、わかった」

◇

視線を少しスライドさせればそこには海が見えた。

アクアマリンが流れ出たような澄んだ水色は、さざめく波の音と共に心地よい潮風を運んでくれる。テトラポッドの上では小さな冒険を繰り広げる子供の黒髪がぴょこぴょこ揺れ、その上を数匹の鷗《かもめ》が旋回しながら通り過ぎた。

格子状の木材に囲まれたテラスの上、ブラウンの温かみのあるテーブルに単色の大きなパラソルが生えている。店内は今日も賑《にぎ》わっており、ミンスタで話題の人気店だけあって朝早くから大盛況のようだ。

カフェ、エトランジェ。

駿《しゅん》も初めて来たが、景色も雰囲気もいいし料理も文句なしに美味《おい》しい。

人気である理由がよくわかるいい店だと思えた。

のだが、目の前の一人の少女がそれを全て台無しにしていた。

「おい、ほんとに全部食えるんだろうな」

料理を口に運ぶ手を止めず、常にリスのように頬を膨らませている咲奈《さな》。

彼女の前には、一食分の空になったプレートが四つ重なっている。

そして、今、ペースを緩めず五つ目のプレートにかぶりついていた。

隣には、小さな口でぱくぱくとパフェを胃の中に収めるミラティアの姿があった。

ちなみに本日三杯目のプリンアラモードパフェである。

「はへへるにひまっへるへふぉ！」

「ちゃんと飲み込んでから喋《しゃべ》れ」

咲奈は高速で咀嚼《そしゃく》してから一気に嚥下《えんげ》すると言い直した。

「食べれるに決まってるでしょ！　食べ物を残すなんてレディのすることじゃないもの」

「それ明らかにレディがする食事量じゃないんだよなあ」

「あら、でも奢ってくれるって言ったじゃない」

「言ったよ、言ったけども……言っちゃったもんなあ……」

女子高生の胃のキャパシティを舐《な》めていた。

このままではお会計は一万円の大台に乗りそうである。

「ごちそうしてもらえるときは、お腹いっぱい食べるのがレディの務めよ」

「どうやら、俺とお前じゃレディに対する見解が違うようだな」

やけ食い、なのだろうか。わざわざ不正渡航までしてやってきたのだ。ただならぬ事情があろうことは察せられるが、それはそれとして手痛い出費だ。ただでさえ、ミラティアのおかげで食費がかさんでいるというのに。

「ねえ、シュン。もう一個だけいい？」

駿の袖を引き、ミラティアは上目遣いで可愛《かわい》らしくお代わりをねだる。彼女は天然でこのあざとさだから恐ろしい。余談だが、彼女はさっきももう一個だけと言っていた。

「いいよ、好きに頼んでくれ」

「やった。シュンだいすき」

「だから、お前が好きなのはパフェなんだよなあ」

ミラティアは瞳を輝かせて、ウェイトレスに追加のパフェを注文する。本当に容赦がない。

一通り食事を終えると、翡翠色《ひすいいろ》の髪をなびかせてウェイトレスが驚いたような、感心したような表情で空いたお皿を下げに来た。

「お客さん、気持ちのいい食べっぷりでしたね！　気に入っていただけましたか？」

「ええ、ありがとう。とっても美味しかったわ！」

「それはよかったですぅ！　ぜひ、また食べに来ちゃってくださいね！」

そう言うと、ウェイトレスはささっと空いたお皿を重ね、その全てを楽々持ち上げてしまった。あの細腕のどこにその力があるというのか、本人はにこやかな様子だ。

「で、咲奈はどこ見てるんだ？」

興味をメニュー表に移し、熱い視線を送る咲奈に駿は目ざとくツッコミを入れた。

「ばっ、見てないわよ！　デザートも頼もうかしらなんて思ってもないわよ！」

「…………まだ入るのかよ。胃に穴でも空いてんじゃねえの？」

「失礼ね。これがふつうよ。淑女の嗜《たしな》みだわ」

「淑女に対する見解も違うんだろうなあ」

◇

咲奈の暴食もやっと収まり、食べ終わったお皿は綺麗に片づけられた。すっきりとしたテーブルの上には、それぞれ追加で注文したドリンクだけが置かれていた。

咲奈はストローに口をつけ、手元のフルーツジュースを口の中に含む。

爽やかな甘みが口いっぱいに広がり、落ち着いたようにふぅと息を吐いた。

「色藤島。スペル&ライフズなんておかしな異能のカードがある島って聞いてたけど、案外本土と変わらないわね」

「表面上はそうかもな。裏の歪《いびつ》さはお前もよく知ってるだろ？」

咲奈は自分が襲われたことを思い出してか、静かに目を伏せた。

「例えば、さっきのウェイトレスはライフだと思うぞ」

「え、そうなの？　ぜんぜん気づかなかったわ」

「ああ、案外日常に溶け込んでるよ。スペルラは」

ライフの中には、特にネームドと呼ばれる種類が存在する。

ネームドとは簡単に言えば自我が存在するライフの総称だ。自由意志があり、それぞれの想《おも》いがあり、泣いたり、怒ったり、笑ったり、それは駿たち人類と変わらないものだ。

先ほどのウェイトレスもそのネームドのライフだろう。

ネームドであろうとライフが働く場合、その給料は使役するプレイヤーに払われる。つまり法的には一つの個として認められていない。そもそもプレイヤーの存在がなくてはこの世に顕現することはできないという事情もあったりするので、そこは難しいところであるのだが、ネームドの自由意志を尊重しろ、彼らに人権を！　などと声高に主張する団体も存在するらしい。

「なあ、そろそろ聞いていいか。わざわざ不正渡航までしてこの島に来た事情をさ」

「…………ええ、そうね。たくさん奢って貰《もら》っちゃったし」

少しの逡巡《しゅんじゅん》を見せた後、咲奈はそう言って承諾した。

「二週間前から連絡が取れなくなった姉を捜して私はここまで来たの」

体を起こし、グラスから離した手を膝元へ置くと、咲奈は神妙な面持ちで語りだす。

「お姉ちゃんはちょうど二年前くらいにプレイヤーに覚醒して、色藤島《しきとうじま》に連れてこられたわ。お姉ちゃんとは仲が良かったから、正直寂しかった。でも、毎日連絡をくれたの。最低でも週に一度は電話もしていたし」

優しい姉だった。新天地で慣れないはずだったが、そんな様子はおくびにも出さずに、咲奈の話を聞いてくれた。時には色藤島でのことも面白おかしく聞かせてくれて、姉と話すのが毎週楽しみだった。色藤島にもいつか行ってみたいと思った。

その夢がこんな形で叶《かな》うとは、思ってもみなかった。

「それから急に連絡が途絶えて……最初はお姉ちゃんにも事情があるのかなって思ってた。でも、それが一週間続いて、十日が経《た》って、こんなこと今までになかったから、絶対何かあったんだって思ったの！　それでここまで来た」

「けど、姉は見つかってないと」

「ええ、お姉ちゃんが住んでるはずの寮に行ったけど居なくて、それで通ってるはずの鴎《かもめ》台女学院《だいじょがくいん》を訪ねたわ。でも、誰もお姉ちゃんの居場所は知らなかった。体調が優れないからしばらく休む旨の連絡があったって一人の教師が言ってた。でも、これは絶対ふつうじゃないことなの」

咲奈は悔しそうに拳を握り、溢《あふ》れそうになる涙を堪《こら》えて続きを話す。

「そういうこともあるって誰も取り合ってくれないし、手がかりだって一つもない。あの極度のシスコンのお姉ちゃんが私に二週間も連絡してこないなんて絶対にありえないのに……」

「お姉ちゃんを捜して遠路はるばる、ね」

失踪して少し経ってからも学院に連絡できたということは、少なくとも生きてはいるのだろう。その連絡が本人によるものだとしたらの話にはなるが。

客観的に見れば咲奈の心配しすぎだとも思えるが、色藤島はそういうことが往々にして起きうる場所だと駿はよく知っていた。

「連絡が途絶える前に、何か不自然な点はあったか？」

「うーん、私のブロマイドを作って送りつけてきたのはいつものことだし、カードの力を使って私の像を作って写真を送ってきたのも別にふつうだし……あ、私が誕生日にあげたリップを使い切っちゃったって泣いてたこととか……？」

「なるほど、とりあえずお前の姉ちゃんがやべえやつだってことはわかった」

その話を聞く限り、連絡が途絶えたのは確かに不自然だ。

どんな手を使っても、咲奈とだけは連絡を取ろうとしそうなものだが。

「それは否定できないわね……あ！　そうだ、関係あるかはわからないけど、なんか実験に協力するって言ってたわ。スペルラ関係の」

「実験なあ、この島では別に珍しいことじゃないからなあ」

プレイヤーに覚醒した学生は、前述したように寮や生活費の振り込みなどの保障が充実している代わりに、研究室から要請された場合、スペル&ライフズに関する実験に協力する義務がある。

学生が駆り出されるような実験は、カードの日常への転用に関する物が多い。

実用化されたものだと、ベーシックスペル【清き明かりの灯《とも》り】が街灯として用いられている例や、機械種のネームドライフが公共交通機関として用いられている例が挙げられる。

実用化まではクリアすべき項目が多く、実験では多くのカードを使用する。

カードの力を行使できるのはプレイヤーに限られるため、必然的にプレイヤーの協力が必要となり、その多くは時間に融通の利く学生から集められることとなる。

「ちなみに、どんな実験なんだ？」

「詳しくは知らないわ……でも、なんか変な注射を打たれたとか言ってたわね」

「注射だと……？」

咲奈の一言に、駿は眉根をひそめる。

「なによ、急に怖い顔して。実験なんて珍しくないんじゃなかったの？」

「実験への協力はな。俺らが実験対象なら話は別だ」

実験に駆り出される目的は、あくまで必要なカードの行使をプレイヤーに代替してもらうことだ。プレイヤー自身を対象とし、彼らの身体に影響を及ぼすような実験は一部を除いて合法化されていない。からと言って、そういった実験が存在してないわけではなく、それはセレクタークラスにいた駿《しゅん》が身をもって知っていた。

「他に何か聞かなかったか？　些細《ささい》なことでもいい」

「えっと……実験のこととは別かもなんだけど、なんだったかしら、四文字くらいの、なんかスピリチュアルな感じで、おー……おら？　おらりあ？　うーん、違うわね……」

「まさか──オラクル？」

「そう、それだわ！　お姉ちゃんがよく口にしてたのよね。オラクルがどうとか、なんか焦ってると言うか、意味あり気な感じだったから覚えてたの」

「なるほど、な」

先日、鶺鴒《せきれい》がバーで話していたことを思い出す。

──あ、そうだ、駿ちゃん。話は変わるけど、オラクルって名前に聞き覚えはあるかしら。

鶺鴒と失踪した咲奈の姉の口から出た同じワード──オラクル。

さすがに偶然とは言い難いが、オラクルとはなんなのだろうか。

プロジェクト名？　組織の名前？　新しいクスリの名前か？　それとも──カード名、とか。

詳細は全くの不明だが、それでも駿はどうしても繋《つな》げて考えてしまう。

鶺鴒が口にしていたもう一つの噂《うわさ》――プレイヤースキル、と。

駿の希望的観測の混じったこじつけだと言われればそれまでだが、偶然にしては出来過ぎているとも考えられる。咲奈《さな》の姉の受けている実験がプレイヤースキルに関するものだという可能性は低くないのではなかろうか。

「よし、協力してやるよ、咲奈。俺らも一緒にお前の姉ちゃんを捜してやる」

プレイヤーにスキルを植え付けるだなんて大層な実験ができる組織がそういくつもあるわけがない。つまり、鶺鴒の言っていたことが本当なら、今回の噂とセレクタークラスを運営していた組織は十中八九繋がっている。

それはつまり凜音《りんね》へ繋がる大きな手掛かりになるということだ。

「は？　え？　私は嬉《うれ》しいけど……なんで急に」

咲奈は駿へ訝《いぶか》しむような視線を向ける。

「困ってる人がいたら助けたいと思うのは当たり前のことだろ？」

「その言葉がこれほど似合わない人間を私は初めて見たわ……」

「なんだ、お前には選《え》り好みしてる余裕があるのか。他に頼れる当てがあるなら無理にとは言わねえよ」

「それは……ない、わね」

「やるからには全力は尽くす。後悔はさせないつもりだ。こう見えても俺は結構強いぞ？」

駿の態度と先日のチンピラとの戦いを見てそれは理解していた。

だから、咲奈が不安に思っているのは、それ以外の部分だ。

だがしかし、彼の言う通り、端《はな》から咲奈に選択肢などない。

「姉ちゃんのために、わざわざここまで来たんだろ？　利用してみろよ、俺のことくらいさ」

駿がぶっきらぼうに右手を突き出した。咲奈はぱちくりと瞬きをしてその手を見つめた。

結露した水玉が、グラスをつうと伝って小さな水だまりへ貢献する。

「そうよね、わかったわ。この私があんたを利用してあげる！　光栄に思ってきりきり働きなさい」

数秒の沈黙。

それから、咲奈は意を決したように駿の手を握った――と思った瞬間、駿に頭を小突かれた。

「――いたぃっ!?」

咲奈は大げさに額を押さえて、ツインテールを揺らして抗議する。

「いきなりにゃにするのよっ！」

「いや、わりぃ。なんかムカついて」

「む、か、つ、い、て！　それでいきなり人を殴るの!?　ねえ、ミラちゃんあなたのご主人様ヤバいわよ!?」

「シュンは決してやばくない。ふざけたこと言ってるとその髪引っこぬくよ？」

「酷《ひど》いこと言われた!?　ミラちゃんこいつに洗脳されてない？」

「してねえ」

乗り出す咲奈の額に、駿はデコピンを食らわせた。

すると、再び大げさに額を押さえて声を荒らげる。

「にぎゃぁあ!!　また殴った！　こいつ、ほんっと……このっ！　頭おかしいんじゃないの！」

「誰がだ。ま、これからもしばらくよろしくな」

「この流れでよく言えたわね!?　ふん、あんたのことなんて都合よく利用してやるわよ」

立ち上がった咲奈は、べーっと舌を出して駿を挑発する。

どうっと海側から強い風が吹いた。

咲奈のツインテールの黒髪が揺れるさまを視界の端に駿は短く鼻を鳴らすのだった。

色藤島は歪《ゆが》んだ楕円形《だえんけい》をしており、その中心にいくにつれて標高は緩やかに上がり、都市化されていた。海から島を眺めた際の、島の中心辺りに剣山のようにビルが立ち並ぶさまはさすが異能特例区域の人工島といえるだろう。淡路島や佐渡島などの一般的な有人島とは様相がまったく異なっている。

最も都市化の進んでいる中央部が高菓区《こうかく》。そして、他三区に色藤島は分かれており、駿の通う色藤第一高校《しきとうだいいちこうこう》は高菓区。彼の家は少し離れて鶴妓区《つるぎく》に位置していた。ちなみに、鶺鴒のシュヴァルベは限りなく鶴妓区寄りの高菓区にある。

鶴妓区は住宅街や町工場が多く、いわゆる下町と呼ばれるような雰囲気の場所で、他と比べても落ち着いた町である。静かなことと平和なことはイコールではないが、一定の温かさを孕《はら》んだ場所であることには違いなかった。

梅雨が去り、からっとした夏の暑さが降り注ぐ。

盛夏。汗ばむ肌。どこからか聞こえる風鈴の音は心地よく、一生分のエネルギーを一週間で放出する害獣ことセミの鳴き声には苛立《いらだ》ちを感じる。

夏は夜、というがあれはきっと消去法だ。夏は夜以外が暑すぎる。

「すみません！　人を捜してるんですけど――」

そんな中、咲奈は商店街を行き交う人々に熱心に声を掛けていた。

スマートフォンには一人の少女――咲奈の姉である萌葱那奈《もえぎなな》の画像が表示されており、それを見せながら聞き込みを進める。

萌葱那奈、十七歳。色藤島《しきとうじま》でお嬢様校と呼ばれる鴎台女学院《かもめだいじょがくいん》に通う高校三年生である。連絡がつかなくなったのは、ちょうど今から二週間前のこと。

聞き込みの成果は咲奈の表情を見れば明らかで、焦りに加えて汗を滲《にじ》ませていた。

「まあ、そう簡単に見つかったら苦労はしないわな」

街での聞き込みを始めて今日で二日目。

昨日は都市部にて捜索をしたが、有益な情報は得られていなかった。

今日は駿たちの寮から徒歩十分に位置するレディア商店街にて、同じように捜索を進めている。

「少し休むか？」

「ううん、もう少しがんばるわ。こういうのは、数やるのが一番だもの」

「そか」

咲奈は汗を拭ってもうひと頑張り、と意気込んでみせた。

少々心配ではあるが、わざわざ彼女のやる気に水を差す必要もないだろう。

「そういえば、ミラちゃんはどうしたの？」

「あー……、あそこだ」

駿が視線をやった先には、行きつけの唐揚げ屋さんの前で口いっぱいに唐揚げを頬張るミラティアの姿があった。

「おいひぃ……」

「いい食べっぷりだ！　おじさん嬉しくて泣きそうだよ。ミラちゃんもう一個食べるかい？」

「ん。たべる」

拳ほどの唐揚げを追加で献上されたミラは、苦しゅうないと言わんばかりのほくほく顔だ。小さな口を目一杯開けて揚げたての唐揚げにかぶりつく。

「完全に餌付けされてるじゃない」

「まあ、いつものことだ」

レディア商店街は駿の家から近いこともあって、買い物の際にはよく利用している。

ミラティアはすっかり顔なじみになってしまい、通りかかるたびに可愛《かわい》がられて食べ物を貰《もら》っていた。基本的になんでも幸せそうに食べるので、餌付けしたくなる気持ちはわかる。そして、駿としても食費が浮くのは嬉しいので放置していた。

「ミラちゃんがかわいいのはわかるけど……」

　次は隣のクレープ屋さんが、「ミラちゃん！　デザートもあるわよ～！」なんて言って手を振っていた。正面からは、「ケバブなんてどうだい！」と声がかかる。商店街の皆々様、孫を可愛がる老夫婦のようであった。

「そういえば、ずっと気になっていたんだけど、カードってどこから手に入れるの？　売ってるようなところがあるのかしら？　未知の異能とか言うくらいだから人工物じゃないのよね？」

「あー、まあ、カード自体を取引してるような店もあるけど、この世にカードが生まれる……というか顕現する方法は一つだな。ちょうどいい。今日のドロー権は使ってないし見せてやるよ」

　スペル＆ライフズのカードは駿のようなプレイヤーを媒介として未知の異空間から引き出されるものである。それがプレイヤーの最も特異な能力ともいえる。

「ドロー権？」

　祈るように、また、力を籠《こ》めるように駿は右手を突き出した。

　大切なのはイメージである。

　カードを引き寄せ、手中に収めるための強い夢想。

　三本の指が虚空を摑《つか》む。その間を電《いなずま》が走った。

　その光は眩《まばゆ》いばかりの黄金の色をしていた。

「おお、なかなかついてるな。久しぶりに自引きしたわ」

引き抜くように腕を振る。その手の中には、一枚のカードが収まっていた。

駿《しゅん》はそのカードを確認すると、さっきまでのしたり顔が嘘《うそ》のように曇る。

金枠、つまりＳＳＲのライフカードだ。

「すごい……これがプレイヤーの力」

「ああ、カードはこうして形を帯びる。ＳＳＲのしかもライフなんて年に一回でも引ければいい方だし、まあ確率的にはかなりいい引きだな」

「え、それめちゃくちゃすごいじゃない!?　でも、別に嬉しそうじゃないわね」

「そのカード使えないんだよなあ。スペルなら嬉しかったんだけど」

「使えない？　めちゃくちゃカッコイイし、強そうに見えるけど」

咲奈は瞳をキラキラと輝かせて、駿が引いたカードを掲げる。

ＳＳＲ竜種【[鉄閃竜《てつせん》]イルセイバー】

輝炎竜、氷零竜、嵐翠竜《らんすい》、邪毒竜に並ぶ五大竜が一角。

攻撃、防御両方に優れているパワータイプのネームドライフであり、ＳＳＲ以上のライフのみが持つエクストラスキルも非常に強力だ。デッキを組むうえで切り札ともなりうる一枚であった。

「そういうんじゃなくて……まあ、持っとく分にはいっか」

駿は咲奈《さな》の手からイルセイバーのカードを取り返す。

咲奈は「あぁ……」と名残惜しそうにそのカードを見つめていた。

「たしか、レア度ってLまであるのよね？」

「まあ、一応存在はするな。ほぼ見かけることなんてないけど」

スペル&ライフズのレア度は、N、R、SR、SSR、Lの五段階が存在する。と言いつつ、Lレアなんてまず目にすることはないし、幻級のカードだ。

レア度はカードの枠の色、及び発動エフェクトの色で見分けることができる。Nから、青、赤、銀、金、虹、の順だ。

「ふぅん、じゃあ駿も持ってないの？」

「どうだろな」

「むぅ、それくらい教えてくれたっていいじゃないの」

咲奈は不満気にぷくりと頬を膨らませる。

「いい？　駿。私たちの目的はお姉ちゃんを捜し出すこと！　私たちは仲間！　パートナー！　親密度が低いといざという時に重大なミスを犯すかもしれないわ」

「ほぉん」

「駿は友達と仲良くなるための秘訣《ひけつ》を知っているかしら？」

「友達……友達なあ……」

駿は友達というワードから連想される知り合いを思い浮かべようとして……一人も思い浮かばず首をひねる。ミラティアは友達とは違うし、鶺鴒《せきれい》もその表現は適当ではないだろう。そして、知人を思い浮かべて、そもそも知り合いが少ないことに思い至る。

「ああ……そうよね、そうに決まってるわよね。ごめんなさい。配慮が足りなかったわ」

「何が決まってるって？　何に納得した？　なあ？」

「大丈夫よ、安心して。きっと私たちいい友達になれるわ」

「ならねえ。なんで憐《あわ》れまれてるんだ？　別に友達なんていてもいなくても一緒だろ。いなくて困ったことないし。そもそも友達の定義は？　どこからが友達だ？」

不機嫌そうにまくし立てる駿を見て、咲奈は申し訳なさそうに目を伏せる。

友達の定義は？　などと口にするのは友達のいない者だけだとは気づかない駿だった。

「駿、いいの。もういいのよ」

「うぜえ……」

慰めるように肩に手を置いてくる咲奈が、心底鬱陶しかった。

「話を戻すわね。仲良くなるコツは互いに秘密を共有することよ」

「なるほど、弱みを握りあう、と」

「嫌な言い換えしないでくれるかしら……ほら、よく漫画とかであるじゃない。偶然憧れのあの子の秘密を知っちゃってそこから急激に距離が縮まるみたいな展開！　そういうことよ」

「つまり、咲奈の秘密を握れば、もう咲奈は俺を裏切れない、と」

「何も理解してないわね!?　人質を取るって話じゃないのよ!?　どうしたら、そんな物騒な思考回路になるのよ」

「あー、マッドなサイエンティストに頭ん中いじくられたからかなあ」

「冗談まで物騒ね……。まあいいわ。ということで、はい」

「はい？」

どうぞ、と架空のマイクを突き出す咲奈に、駿は首を傾《かし》げる。

「秘密よ、何か駿の秘密を教えてちょうだい。そうね、恥ずかしいことがいいかしら」

「やだよ。別に何もないし」

「本当かしら。ミラちゃん何かない？　駿の恥ずかしい話」

咲奈はいつの間にか駿の隣へ戻ってきたミラティアに話を振る。

ミラティアは口をモグモグさせながら、きょとんとした顔で答えた。

「シュンに恥ずかしいことなんてない、よ？」

「そんなことないはずよ！　あるでしょ？　なんかこう情けない感じの話！　かわいい感じのでもいいから！　私、駿の弱みを握っとかないと何かあった時ヤバい気がしてるの。身を守るためにも駿の弱みを知っておく必要があるわ」

「なあ、仲良くなるどうこうの話どうした？　お前さっきまでの自分の発言覚えてる？　思いっきり人質取ろうとしてるじゃねえか」

「私、都合のいいことしか覚えてないの」

「そりゃ、中身の詰まったいい脳みそをお持ちで」

ない胸を張ってドヤ顔を浮かべる咲奈。

駿がやれやれとため息をつくと、ミラティアが「かわいい話なら、ある」と顔を上げた。

「あら、聞かせてちょうだい！　私気になるわ！」

「わかった。どうしてもというのなら」

「おい、ミラ？　何を言おうとしてる？」

駿は慌ててミラティアの腕を引くも、頬を赤く染めて語りだす彼女を止めることは敵《かな》わなかった。

「基本的にシュンはわたしに背を向けて寝る。でも眠りが深くなると、いつもぎゅっと抱き着いてくる。わたしはシュンの抱き枕」

「ほぉん？　へえ？　これはいい話が聞けたわ」

「わたしはとてもどきどきした。シュンはかわいいところもある」

ジトッとした半眼を駿に向ける咲奈と、対照的に頬を赤らめて悶《もだ》えるミラティア。

二人の視線を受けて、駿は気まずそうに首元を掻《か》いた。

「な、なあ、全く記憶にないんだが。マジなのか？　ミラ」

「……けっこうほんと」

「結構ってどの程度!?　ミラに裏切られるとは思わなかった」

「わたしはシュンだけの味方。これは、わたしのご主人様かわいいじまん。決してうらぎりではない」

「そうなんだろうな!?　お前は本気でそう思ってるんだろうよ……」

むふんと得意げなミラティアを見て、駿は何も言えなくなる。

彼女が駿に冗談でも悪意を向けることなどないとはわかっているからこそ、なんと言うかいたたまれない気持ちだった。

「ふっふっふ、これはいいネタを仕入れられたわ。駿～、恥ずかしいやつね、あんた。普段あんな偉そうなのにねえ、ほぉん、ミラちゃんをねえ、へえ～～～」

「くそうぜえ」

「――いにゃひぃ!?」

駿に額を小突かれて、咲奈は大げさにのけぞった。

いつぞやのように、額を押さえて恨めしそうに駿を見る。

うぐるぅうと唸《うな》りを上げる様は凶暴な小動物のそれだった。

「あんた困るとすぐ手を出すのやめなさいよ!?　私！　かわいい女の子なのに！　新しい

性癖に目覚めたらどうしてくれるのよ！」

「知らねえよ、気持ちわりぃツッコミしてくんな」

「くぅう!!　まあ、いいわ。今日は気分がいいから！　切り札を握ってしまったから！

これで私はあなたの優位に立ててるわ」

咲奈は腰に手を当ててしたり顔だ。

駿には今まで散々な目に遭わされてきたため、少しくらい仕返ししてやりたいのである。

「まあ、正直言われて困る相手もいないし、いいっちゃあいいけどな」

「にゃんですと!?　ま、まあ？　強がっていられるのも今のうちね。いずれぎゃふんと言わせてやるんだから」

「なんでそんなに突っかかって来るんだよ……。アホなこと言ってないで、捜索に戻るぞ」

こうして、場所を変えつつ聞き込みを再開し、那奈《なな》の目撃情報を集める。

しかし、役立つ情報は全く得られず二日目の捜索が終わるのだった。

◇

「ダメね。那奈ちゃんのこと、お客さんにそれとなく聞いてみたけど、めぼしい情報は得られなかったわ」

ごめんなさいね、と鶺鴒は嘆息した。

「そう簡単に見つかったら苦労しないわな」

完全に陽《ひ》が沈み、街が人工の明かりで満たされる頃。

駿、ミラティア、咲奈は、鶺鴒との情報交換のためにシュヴァルベを訪れていた。

開店前のシュヴァルベは閑散としており、鶺鴒は駿と話す片手間にオープン準備をしている。

昨日今日と泥臭い聞き込み捜索を行ったが、大して進展していないのが現状であった。

「住んでた寮とかは訪ねてみたの？」

「色藤島《しきとうじま》に来て最初に咲奈が行ったってよ。隣の住人にも話を聞いたけど、知らないってさ。寮って言っても寮母が居て甲斐甲斐《かいがい》しく世話してくれるわけでもねえし、高校にはしばらく休む旨の連絡が行ってるっぽいから問題にはなってないんだろうな」

色藤島には、本土でプレイヤーに覚醒して連れてこられた学生が多くいる。そのため高校生で一人暮らししている者も多いのだが、この島はどうにも放任気質だ。

特別援助金が出されるため、生活はできるのだが、本土に比べてプレイヤーは良くない意味で特別視されているきらいがある。保護されるべき少年少女、という側面よりも、危険な力を持った監視対象及び実験対象だという見方をされていると感じるのは、果たして駿《しゅん》がひねくれているからだろうか。

「那奈ちゃんが通っていたっていう研究室には連絡取れないかしら」

「無理だろ。確実に合法なやつじゃないぞ。この程度で足跡残すようなら、既に捕まってるはずだ」

「そうよねえ」

これは駿の個人的な考えだが、ある程度の違法な実験も上は黙認しているのではないかと思う。もちろん上も一枚岩ではないのだろうが、そういう勢力がいるのは間違いない。でなければ、セレクタークラスのような大規模な実験場が何年も運営されていたのは無理があるというものだ。

「アタシも引き続き情報は仕入れてみるわね」

「ああ、よろしく頼む」

バーはその性質上、噂話《うわさばなし》などが集まりやすい。鶺鴒は心強い味方となるだろう。

ミラティアは駿の隣でいちごミルクをちびちびと飲んでいる。

先ほどから静かな咲奈はと言うと、テーブルに突っ伏してだらしなくよだれを垂らしていた。「まだたべらえるわえよぉ」なんて寝言を漏らして、腕に顔を埋《うず》める。

「大変よね。お姉ちゃんを捜して遠くの島まで来て心細かったでしょうに」

鶺鴒はバーカウンターから出ると、咲奈に厚手のブランケットをそっと掛けてやった。

「そうかもな。プレイヤースキルの方はどうだ？　那奈と繋《つな》がってる可能性は十分にあると思ってるんだが」

「これと言って役に立つ情報はないわよ？　どれも不確かなものばかりで……本当に噂話ってくらい」

「それでもいい。教えてくれ」

「あらそう？　プレイヤースキル持ちのプレイヤーだけど、誠背区《せいはいく》のあたりで見たって話は聞くわね」

「誠背区……ってことは、地下か？」

「さあ？　でも、真っ先に思い浮かぶのはそこよね。そういう場所だから当たり前と言えば当たり前だけど、いい噂は聞かないし」

「なるほど、助かった」

「気を付けてね」

「その辺のプレイヤーに遅れなんて取るかよ。見た通り俺は強いんだ。ミラもいるしな」

「もう、そういうところが心配なの」

鵜鴒は頬に手を添えて大きく息を吐く。

駿が慢心して足を掬《すく》われるようなタイプではないことは知っているが、どうにも危なっかしくて見ていられない。

「だいじょうぶ、シュンの恋人であるわたしがいる」

「あら、それは頼もしいわ。駿ちゃんを守ってあげてね」

「ん、がってんしょうち」

◇

色藤島内での主な移動方法として、自転車、自動車、バスが挙げられる。

プレイヤーの多くが少年少女から選ばれることもあり、この島の六割は学生となっている。よって、自動車は少なく、その分街の至る所にバスが走っていた。

更に一つ、色藤島ならではの移動方法がある。

島民はそれを電車と呼ぶのだが、電車とは電動機付き客車の略である。これは客車かも怪しく、少なくとも電気では動いていない。正式名称は旅客含み異能生物というらしい。

焔《ほのお》のような真っ赤なボディ。汽車を模《かたど》った先頭車両を含めた全五車両。目を薄めて見れば蒸気機関車に見えなくもないかもしれない。しかし、本来機関車に人間のような顔面がついていることはない。先頭車両の側面からボディビルダー顔負けのマッスルアームが二本伸びていることもないし、喋《しゃべ》るなんてあり得ないことだ。

「やあ、お茶目なツインテガール！　今日はいいピクニック日和だね！　そこのボーイとランデブーをかましに行くのかい？」

ＳＲ機械種【爆肉筋速走車フライマッスル】

色藤島で唯一公共交通機関として運用の認められたネームドライフであり、見た目通り電車のような役割を果たしている。

色黒でソース顔のふと眉ナイスガイ、フライマッスルは白い歯をキラリと光らせて、咲《さ》奈《な》へ向かってウィンクをする。

「喋ったわ!?　なんか腕生えてるし!?　なによこいつ!?」

「こいつ呼ばわりは酷《ひど》いじゃないか、ツインテガール。オレはフライマッスル！　気軽に筋肉お兄さんと呼んでくれよ☆」

フライマッスルの客車は四両。ヘンテコな見た目だが、その内装は小ぎれいなものであり、慣れれば普通の電車となんら変わりのない乗り心地どころか、線路がない分滑らかだ。

そう、フライマッスルは色藤島内の五つの駅を経由しながら、空を駆ける。

よく見ると、車輪があるはずの場所からは筋肉質な無数の脚が生えており、その脚をせわしく回転させ、更に腕を電車ごっこのように前後に引いて押して回転させながら動くのだ。

「電車をしらない？」

「電車は知ってるわよ！　これは電車じゃないわよね!?　だって喋ってるわよ!?　ムキム

キなのよ!?」

「ハッハハ、何を言ってるんだい。電車において一番大切なのは筋肉だろう？　乗客の命を預かる身だからね。筋トレは欠かしていないぞ！」

フライマッスルは、驚く咲奈にも嫌みなく太陽のような笑みを浮かべる。

「やっぱりヤバいわね……色藤島。ちょっと舐《な》めてたわ」

空を駆けるという機能上、駅は一定以上の高さの建物の屋上に設置されている。フライマッスルの運用を前提として造られた建物なので、この四階建てのショッピングモールもその分空闊《くうかつ》で堅牢《けんろう》だ。

フライマッスルの向く先、空を見れば、そこには等間隔に赤く光るブイが浮いている。あれもアームドスペルの応用であり、彼の空路を指し示す目印である。

「別にこれは普通だろ。この電車、子供にも人気あるしな」

ほら、と顎をしゃくった先には、ちょうど五歳くらいの男の子がフライマッスルに駆け寄る姿があった。

「わ～、フライマッスルだ！　今日もいい筋肉びよりだね！」

「おお！　ファンのボーイ！　今日も来てくれたんだね！　君もわかるようになってきたじゃないか。さあ、一緒に！　レッツマッスルッッ！」

「まっする～！」

少年はフライマッスルと共に力こぶを作って楽しそうにポーズを決める。

その後、少年の上半身くらいある手のひらを優しく開いたフライマッスルと、満足気にハイタッチを交わしていた。

「うわ……微笑《ほほえ》ましいと言えば微笑ましいけど……なんとも言えない光景だわ」

「まっするおにいさんはとても人気。下のおもちゃ売り場にグッズもたくさんある」

「今度十分くらいのショートアニメやるらしいしな。やっぱ小さい子は電車とか好きだよな」

「あんた、あれをあくまで電車と言い張るのね」

フライマッスルの意志で扉が開き、駿たちは体内、もとい車内へ乗り込んだ。

どういう原理か中は涼しく、内装は豪華で清潔感のあるものだった。内側に入ってしまえば、一般的な電車と変わらないどころか高級感があり、居心地もいいと感じるほどである。

「ふぅん、意外と悪くないじゃない」

咲奈は駿と向かい合ってクロスシートに座る。

ミラティアは駿の隣に座って足をぷらぷらと投げ出していた。

——レディースアンドジェントルメン！　ようこそフライマッスルへ！　このオレは空を駆けるごきげんな列車だ！　外の景色は見惚《みと》れるほどきれいだが、危険だから絶対に窓を開けるんじゃあねえぞ！　筋肉お兄さんとの約束な！　それじゃあ、空の旅へ連れてってやるぜ、振り落とされるなよ〜〜〜マッスルッッ!!

車内にフライマッスルの胴間声が響く。

「遊園地のノリ!?」

「このアナウンスあいつの気分で変わるんだよなあ。これは結構機嫌がいい日のやつだ」

「今日はとくにごきげん」

列車がゆっくりと動き出す。

見た目に反して優しい動きで、列車は徐々にスピードを上げていく。重力の負荷も慣性も意識しなければ感じられないほどの滑らかな動き出し。しかし、体感よりはスピードが出ているようで、窓の外を見やれば、先ほどまで立っていた屋上はもう随分と遠くに見える。

「わあ、すごいわ！　本当に空を飛んでる！」

先ほどまでは、フライマッスルに懐疑的な態度を取っていた咲奈だったが、外の景色を見るや否や窓に張り付いてテンションを上げていた。

咲奈こそ遊園地に来た子供のようなはしゃぎようだった。

窓の外に広がるのは色藤島の街々。眼下に立ち並ぶ民家に、遠くに見える広く青々とした海。移り変わる景色は万華鏡のようで、素直にきれいだと思えた。

今だけは、立場とか目的とか葛藤とか諸々《もろもろ》の悩みを忘れて、瞳を輝かすことができる。

「たく、子供かよ」

「ねえ､見て駿！　海でサーフィンしてるわよ！　手を振ったら気づいてくれるかしら！」

呆《あき》れる駿にも気づかず、咲奈は手を引いて窓の外を指さす。温かな陽光を反射した彼女の笑顔に毒気を抜かれて、駿は彼女と一緒に窓の外へ視線を向けた。

「遠くて見えないんじゃないか？」

「でも今手を振ってた気がするわ！　きっとそうよ。あ、シュヴァルべってあの辺りかしら。鶺鴒《せきれい》さんは仕事中？」

「この時間は寝てるかもな。あの人基本は夜行性だし」

「そうなのね。だったら申しわけないわ」

咲奈はあれからずっと鶺鴒の家でお世話になっている。

家事等できることは手伝うようにしているのだが、到底返しきれる恩ではない。

「好きでやってることだし大丈夫だろ。あのオカマお節介焼きだからな。利用してやれ」

「ふふ、駿もたくさんお世話になったのね」

「あ？　なんでそうなるんだよ」

「そういう言い方だったからよ。なぁに？　もしかして、鶺鴒さん私に取られちゃって少し嫉妬とかしてる？」

頬杖《ほおづえ》をついてニヤつく咲奈。

駿《しゅん》は冗談じゃないと肩をすくめた。

「恐ろしいこと言うな。んなわけねえだろ。あいつには大きな借りがあるし、感謝はしてるけどな」

「ふぅん。そういえば、私たちどこに向かってるの？」

「表に出てこない情報を得られるようなところだ。途中で降りて観光しててもいいぞ。少しばかり危険な場所に行くつもりだからさ」

「手伝ってもらってる身でそんなことしないわ。この島に来た時点で相応の覚悟はしてるつもりよ」

「なら、何も言わねえよ」

「ええ、だけど何かあったら守ってね⁇　私痛いのは怖いわ」

「おい、覚悟安っぽいな」

駿の家の最寄りの駅である鶴妓駅で乗車し、高菓北駅、高菓南駅を経由した次である誠背駅へ向かっていた。

しばらく電車に揺られ、もう少しで目的地へ到着しようという頃。

「うぐぅ……」

駿は辛《つら》そうに額を押さえて背中を丸めていた。

「ねえ、こいつ大丈夫なの？」

屈《かが》んだ咲奈は白い目で駿の頬を突く。一歩間違えれば虹色のキラキラが漏れてきそうで一種のスリルを感じた。列車が大きく揺れるたび、駿からは呻《うめ》き声《ごえ》が漏れた。

ミラティアは横で駿の背中をさすっていた。

「電車とかに乗るといつもこんな感じ」

「乗り物に弱いとか……意外だわ」

本当は駿も電車など乗りたくなかったが、前述した通り色藤島《しきとうじま》の主な移動方法はバスと電車となる。目的地まで徒歩や自転車で向かうのは現実的ではないし、学生は無料で使える公共交通機関を利用しない手はなかった。

「弱くねえ。苦手なだけだ」

「頑《かたく》なね……。ふっふっふ、でもこれはチャンスだわ」

「あ？」

顔色の悪い駿が咲奈を見上げる。

腕を組んだ咲奈が浮かべる笑みはそれはもう悪い人のやつだった。

「おい、お前何考えてる？　やめろよ？」

「縛られていた私への仕打ち、忘れてないわ。ええ、レディはね、恩はきっちり返すものだもの」

きらっきらと瞳を輝かせた咲奈は、両手をわきわきと動かし駿の肩をがっちりと摑《つか》んだ。彼女の力が強く感じるのは、駿の体調の悪さから来るものだろうか。振りほどけそうにはなかった。

「おい、悪かった。謝るから……てかお前恩って言葉一回辞書で調べてみぉろろろろろおろろろろろろろ」

容赦なく、力いっぱい楽しそうに肩を前後に揺らし、それに伴ってシュンの頭部が前へ後ろへ愉快にダンシング。クソ雑魚なめくじの三半規管も踊りだし、胃液もそりゃもうテンション上がってきちゃって——口から無限にきらきらが漏れ出るのだった。

◇

誠背区《せいはいく》。

駅の周りには背の高いビルがそびえ、学生を中心に人も多い。真新しい施設もそれなりにあって、視界いっぱいに飲食チェーン店や小売店が並んでいた。

しかし、それも駅の周辺に限った話である。

バスを海側へ十数分走らせた先ではその限りではない。

狐《きつね》か狸《たぬき》に化かされたように、街はその様相を変える。そこにはどこか退廃的で、人が手を加えることを止《や》めた建造物の数々が並んでいた。ふと見上げた看板の文字は掠《かす》れて読めず、少し先の店は中に人が居るのは見えるが営業しているか否かはわからなかった。ただ人が住み着いているだけの可能性もある。電灯は途中で折れ曲がり、かと思えば真新しいものが不自然に立っていたり、コンクリートの地面はところどころ弾《はじ》けていた。靴底がガラス片を潰す。生ごみにカラスが群がる。

綺麗《きれい》な外見を保ったものと言えば、視線を上げた少し先にあるいくつかの巨大な直方体の人工物……研究室のみだった。

「うぅ……酷《ひど》いじゃない！　私の天才的な頭脳が傷ついたらどうしてくれるのよ！」

そんな中、咲奈《さな》は両手で頭を押さえて半泣きで駿にかみついていた。

頭をさすると、そこには小さなこぶができている。調子に乗った制裁が下ったのだ。

「酷いのはどっちだ、バカ。それにお前の頭はこれ以上残念になりようがないから気にするな」

「なんてことというのよ！　ねえ、ミラちゃん。女の子を殴るとか酷いと思わない？」

「あなたが悪いとおもう」

「もしかしたら、ミラちゃんも殴られるかもしれないわよ」

「シュンがそうしたいなら、いいよ？」

「なんて子なの……これは私があのＤＶ男からミラちゃんを守らなきゃいけないわね」

「誰がＤＶ男だ」

こてんと首を傾《かし》げるミラを守るように抱き着く咲奈。

駿はその咲奈の脳天に向かって軽く手刀を振り下ろした。

「ぎゃぁぁあ!? 追い打ちはやめて！」

やんややんやと騒ぎながら、自動車が無事に通れそうにないほどに、ボコボコに荒れた道路の真ん中を三人は進む。汚らしく壊れかけた街に住むのは、同じくゴミ山の中で産まれたような人間たちだ。駿たちにはあちらこちらから厳しい視線が向けられており、歓迎されていないのは明らかだった。

窓ガラスのないビルから空き缶が放られる。乾いた音が響く。咲奈の体がびくりと震えた。慌てて駿の後ろに隠れる。空き缶が駿の足元に転がると同時に四方から笑い声が漏れた。

「ね、ねえ？ ここ明らかにヤバいわよね？」

「今更かよ。ヤバいとこに行くって言っただろ。汚鼠街《おそがい》って呼ばれてる。色藤島のスラム街みたいなとこだ」

「へ、へえ？」

「目合わせんなよ。変な因縁つけられたら面倒だ」

「ていうか、そういうのはもっと早く言いなさいよ！ 思いっきり騒いじゃったじゃないなの！　めっちゃ見られてるわよ!?　産まれて初めて発した言葉は夜露死苦です、みたいなやつらに睨《にら》まれてるわよ！」

「さっきから騒いでんのはお前だろうが」

発展し損ねた街の慣れの果て。

住み着いているのは悪ぶりたい物好きな学生と、事情があって島に身分登録されていない者、同じく事情があって普通に働けなくなった者など様々だが、まともな場所ではないのは見た通りで、暗黙の了解としてスペル＆ライフズについての実験の場に使われることもある。そのため近くには研究室や工場が多い。

ここは色藤島の、スペル＆ライフズの膿《うみ》が溜《た》まったような屑籠《くずかご》だ。

「ここにお姉ちゃんがいるの？」

「いや、それはわからない。ただ、ヒントはあると思ってる」

「例のオラクルってやつ？」

「ああ。それと俺はプレイヤースキル持ちを探したい」

「プレイヤースキル……？」

「まあ、ちょっと特別な力を持たされたプレイヤーがいるんだ。この辺りで目撃されたって鶺鴒は言ってた。俺の見立てではだが、プレイヤースキル、オラクル、萌葱《もえぎ》那奈《なな》は繋《つな》がってると思う。多分」

那奈がプレイヤースキルに関する実験を受けているかどうかは正直わからない。

ただ、駿の最終的な目的は妹の凜音《りんね》である。

駿と凜音がかつて在籍していたセレクタークラスは、プレイヤースキルを植え付けるための実験場であり、四年前に一度崩壊したはずだった。最近になってプレイヤースキルの噂《うわさ》が出回っているとあらば、調べないという選択肢はありえないだろう。

もちろん、咲奈の姉である那奈を捜し出すことには協力する。

しかし、あくまで駿の最優先事項は凜音であり、凜音に繋がる情報を集めることだった。

咲奈には悪いが、那奈に関して調べるのは目的の延長線上に存在しうる可能性があるからに他ならない。

「思う、多分って……あなたほんとに大丈夫?」

「どっちにしろ、それ以外に手がかりなんてないんだから、ここに来るしかないんだよ。地味な聞き込みを続けるよりはマシだろ」

「それは……たしかにその通りね」

捜索も自分一人ではままならず、トラブルを解決する力も、強行突破の力もなく、知識も知恵もない。現状、咲奈には駿の方針通りにことを進めるしか選択肢がない。

咲奈は改めて非力な自分にもどかしさを感じていた。

「ああ、そうだ咲奈。俺らに出会わなかったルートその二が汚鼠街《おそがい》での生活だったかもな。

非プレイヤーで女の子、できることは限られてそうだなあ」

「うぐ、なんでそんなに意地悪なこと言うのよ」

駿のからかうような視線に、咲奈は拗《す》ねたように頬を膨らませる。

「お前の反応が楽しいから」

「くぅ～、あんた帰りの電車では覚えときなさいよ!?」

「はいはい。まあ、安心しろよ。こう見えて俺結構強いから」

「ん、シュンはさいきょう」

ふと、駿は足を止める。

「着いたぞ」

その先にあったのは、治安の悪そうな一軒のダーツバーだった。

扉には英語のステッカーが雑多に貼ってあり、ネオン管の看板が陽光に負けじと光を放っている。角の欠けたコンクリートの三段を登って駿はその扉へ手を掛けた。

◇

ダーツバーの中は閑散としていた。

外観はこの街の一風景として溶け込んでいたが、内装はその限りではなかった。

マスターのこだわりかダーツマシンは最新のものが取り入れられており、店内は隅々まで掃除が行き届いていた。奥の棚のワインは銘柄順に並べられており、グラスもミリ単位で揃《そろ》えられている。

白髪をオールバックでまとめた男性はバーカウンターから駿《しゅん》たちを一瞥《いちべつ》する。汚鼠街《おそがい》の住民にしては温厚そうだが、駿はそう思わなかったのか目端を歪《ゆが》めて警戒心を強めていた。

「ご注文は？」

白髪のマスターは熱心にグラスを拭きながら、視線を留めたまま呟《つぶや》いた。しゃがれた、しかし不思議と通る声だった。

「真っ赤な鼠《ねずみ》を一つ」

「………………」

それを聞いて、マスターは眉をひそめる。懐疑的な視線を駿へ向けた。

「エントリー希望だ。空いてるか？」

駿は傲然とした態度でマスターの目の前の席に腰掛ける。

ミラティアはその駿の膝へと流れるような動作で滑り込んだ。駿の視界が青で埋め尽くされる。なんだかいろいろ台無しだった。

咲奈はというと、状況がよくつかめずに駿の後ろでおろおろとしていた。

「空いてはいますが、お勧めはしません。キリングバイトは初めてですね？」

「ここはな」

「貴方《あなた》のように飛び込みで参加しようとする者は少なくありません。観客は心地のいい試合を望んでいます。試合相手も、ルールも貴方に選択権はありませんよ」

「なんだ、元々そういうもんじゃないのか。ていうか、あんたが俺の心配をするメリットがわからねえな」

「悲しいでしょう？　己の益だけを追求する生き方は。歳《とし》を取ると余計にそう思います。それと、端《はな》から結果のわかっている勝負を私は面白いと感じません」

「そうか？　俺は楽しいぞ、最初から結果がわかってる勝負」

刺すような視線を飛ばす駿。ミラティアの頭に遮られて届いてはいないが。

チッチッチ、と時計の音が鮮明に聞こえる。水道水の一滴がシンクに零《こぼ》れた。

「ね、ねえ、駿？　なにを話しているの？　私ぜんぜん理解できてないんだけど」

やけにシリアスな空気に耐えられず、咲奈は駿にそっと耳打ちする。

「お前は少し黙ってろ。後でちゃんと出番はやるから」

「好奇心満々の顔に見えるのかしら!?」

マスターはグラスハンガーにグラスを掛けると、諦めたように肩をすくめた。

足元の棚を開け、何やら封筒を取り出して駿へ差し出した。

「何を言っても無駄なようですね。忠告はしましたよ」

「ああ、されたな。一ミリも響かなかったがな」

「では、ご招待しましょう。いってらっしゃい。ここから先、命の保証はありませんよ」

ワインボトルが積み重なった棚。その一区画を押し込む——と、ズズズと棚が沈んで地階行きの階段があらわになる。冷えた空気が流れ出る。吸い込まれるような闇の奥、微《かす》かな喧騒《けんそう》が耳に届いた。

「す、すごい。映画みたいだわ」

「帰るか？　咲奈。引き返すなら今だぞ」

「帰るわけないじゃない！　帰れないわよ！　帰り道一人だなんて怖くて無理だわ！」

「理由それかよ。自信満々に言われてもなあ……覚悟はできてるわ、とかじゃないのか」

「…………覚悟はできてるわ。これで少しでもお姉ちゃんに近づけるならなんだってやってできるもの」

それを聞いて駿はぱあと表情を華やがせた。非常に胡散臭《うさんくさ》い笑顔だった。

「よし、聞いたな。ミラ」

「ん。げんちとった」

「へ？　言質？　なにを言っているのかしら？」

不穏な言葉を聞いて、咲奈は顔を引きつらせる。脳内警報が逃げてー！　と叫んでいる。

しかし、受け取った茶封筒を片手に駿は軽い足取りで階段を降り始める。

駿の裾を掴《つか》んでミラティアもそれに続いた。

「ちょ、置いてかないでよ！」

導かれるように、その階段を下る。

血の匂いは嫌いじゃない。絶望を思い出させてくれるから。

優しさは嫌いだ。絶望を忘れてしまいそうになるから。

求めるものが暗闇の中にしかないのならば、その闇に寄り添って生きなくてはならない。

光が過去にのみあるのならば、それが消えてしまわないように明かりを消して日々をすごそう。戒める。そう、戒めてきたつもりだったのに——だから、駿は時折闇を煮詰めた泥に身を沈める。妹の影を探して手を伸ばすのだ。

◇

地下にはこぢんまりとしたダーツバーからは考えられないほどに広大な空間が広がっていた。殴りつけられるような喧騒。薄暗く活気に満ちた空気に肌を刺される。

「なにこれ……色藤島《しきとうじま》ってこんなものまであるの……」

さながら古代ローマのコロッセオのような場所だった。

中心には野球場のダイヤモンドくらいの広さのフィールドが広がっており、そこを円形に囲むように観客席が並ぶ。外側に行くに連れて高くなる観客席の一番外からフィールドを見下ろし、咲奈《さな》は感嘆の声を漏らす。

「この時間でもなかなか盛り上がってるな」

観客席は三層に分かれている。今駿たちがいるのが、主にみすぼらしい恰好《かっこう》をした身分登録のされていない人々、汚鼠街《おそがい》の住民が集まる第三層。一つ上の第二層には、いわゆる一般の色藤市民が集まる。

そして、一番狭い区画の第一層はマジックミラーになっており、外側からその中を視認することができない。富裕層か、権力者か、キリングバイトの運営か。どのような人物がそこにいるのかは駿も知らないが、趣味が悪いことには違いなかった。

フィールドは鉄の茨で球形に覆われており、その中には二人のプレイヤーがいた。

正面にでかでかと鎮座する電光掲示板には、現在戦っているプレイヤーの顔写真に名前が表示されている。ブラックドッグVSプリテンダー。名前と言ってもこのコロシアム――キリングバイトでのユーザーネームだ。その下には、それぞれ数字が書かれていた。これが今回の試合の掛け率となっている。

「いけー！　お前に全財産賭けたんだからな！　敗《ま》けたら承知しねえぞ！」

「やっちまえ、ブラックドッグ！　いつまで遊んでるんだ！」

「そこだ！　ほら、スペルを打ち込め！」

熱狂。馬券のような紙を握りこんだ男たちは、熱に浮かれて席を立ち、拳を振って声を荒らげる。鮮血にまみれた異能の力を操る者同士のぶつかり合いを見て、たまらないと言わんばかりの笑みを浮かべて気分を高揚させていた。

罵声や野次、嘲笑まじりの声援が飛び交う中、二人のプレイヤーがカードを駆使して激しく衝突する。

薄い茶髪を揺らし、フィールドを駆ける少年――プリテンダー。

ボブカットの黒髪少女――ブラックドッグが彼へ向けて矢継ぎ早にスペルを発動する。

フィールド内では、肌が裂け、血が流れ、体を床に激しく打ち付けられ、たとえ鉛弾がぶち込まれようとも終わることのないデスマッチが繰り広げられていた。

「なにあれ、お金を賭けてるの？　ていうか、駿。これ犯罪じゃないの？」

「今更だろ、不正渡航者さん？」

そっと耳打ちする咲奈を、駿は鼻で笑った。

「うぐ……それはそうだけど……」

「登校中に急いでてさ、赤信号でも横断歩道を渡っちゃうことってあるだろ？　自転車がどっち側通行だとか普段意識しないだろ。それと一緒だよ」

「どこがよ、規模が違うわよ。こんなの……漫画の世界だけだと思うじゃない」

「そうか？　まあ、だからこそ俺らをこの島に閉じ込めたんだろうなあ」

得体のしれない異能のカード、スペル&ライフズ。

もし、その力が好き勝手に本土で振るわれたら、どれだけの被害が出るかなど想像に難くない。だが、たとえここで何が起ころうと、島が一つ消えるだけで済むのだ。

加えて、国はスペル&ライフズという未知の力によって確実に益を得ている。

プレイヤー同士の戦いも、この程度の金の賭け合いも些事《さじ》というものだ。

ひっかき傷やシミの目立つブルーの観客席に腰を下ろす。駿はダルそうに脚を組み、マスターから受け取った茶封筒を開いた。中から出てきたのは二枚の書類と、一本のボールペンだった。

「なにその紙」

「簡単なルールと注意事項が書かれた紙と……もう一枚はエントリーシートだな。適当に埋めちまうか」

エントリーシートには、キリングバイトでの登録名、そして、性別や年齢、身長、体重、経歴、意気込みなどの項目が記されていた。

咲奈にはもう一枚の紙、ルール表を渡してやる。

咲奈はさらっとその紙に目を通して表情を曇らせる。

「ねえ、あれに出るのよね？　そりゃ、お姉ちゃんを捜すためだしありがたいけど……大丈夫なの？」

目の前で繰り広げられているのは凄惨な殺し合いだ。ちょっとした喧嘩《けんか》なんてレベルじゃない。火の玉が飛び交い、鋼が交差し、鮮血が舞う。痛みを伴った果し合い。

「大丈夫だって。命を懸けたなんて謳《うた》ってるけどそう死にやしねえよ」

キリングバイトのルールは主に三つ。

一つ、使用可能なカードはレア度N及びRのスペルカードのみである。

一つ、どちらかのプレイヤーが降参、または戦闘不能に陥った時点で試合終了とする。

一つ、試合終了までフィールドから出る行為を禁じる。

「シュン、あれ」

「ああ、条件を縛る……なかなか強力なフィールドスペルを使ってやがる」

ミラティアは、キリングバイトのフィールド、もっと正確にはフィールドを囲う鉄の茨を指し示した。

SSRフィールドスペル【鉄茨姫の揺り籠】

一つ目のルールを強制履行するために展開された、指定領域内でのレア度SR以上のカードの発動を禁じるスペルである。

試合時間の長期化、及び参加者の公平性を考えられて作られたルール。この闘技場では、派手な一撃必殺、圧倒的なカードパワーにて一瞬で決着がつくことは望まれていない。

二枚目の書類には他にも細かな注意事項が書かれているが、申し訳程度に記しただけの文字の羅列を読む気にはなれなかった。

「ねえ、駿《しゅん》。あいつはなんでカードを使わないの？」

駿の袖を引いて首を傾《かし》げる咲奈。

駿は終盤戦となったブラックドッグVSプリテンダーの試合に目を向けた。互いに満身《まんしん》創痍《そうい》の状態だが、現在プリテンダーはブラックドッグへ一方的にスペルを打ち込んでいる。

頭蓋骨サイズの火球が、ブラックドッグを四方から襲う、襲う、襲う。

「つかわないいんじゃない。つかえない」

「プレイヤーは一日に使用できるカードの枚数がデッキの中から十枚と決まってるんだ。デッキっていうのは、そのプレイヤーが所有権を刻んだ三十枚のカードの束のこと。だから、必然的に決まった三十枚から十枚を選んで戦うことになる」

「所有権？」

「言葉通りの意味だよ。このカードは自分のものですって証《あかし》だ。一度に刻めるのが三十枚まで、刻むためには二十四時間を要するってのが決まりだな」

つまり、今日使用するカードは昨日のうちに決めた三十枚の中からしか選ぶことができない。たとえ所有権フリーな新たなカードを手に入れたとしても、その瞬間に使用することはできないのだ。

ちなみに、所有権は上書きすることができない。よって、他人から無理やりカードを奪ったとしても、奪われたプレイヤーが自主的に所有権の放棄を行わない限り、そのカードを使用することはできない。

「ちょっと待って。てことは、駿は昨日のうちに所有権を刻んでおいたカードしか使えないのよね。SR以上のカードが使えないこのルールヤバいんじゃないの？」

もし、駿が高レアリティのカードばかりでデッキを組んでいたら、使えるカードがないのではないか、そういう話。

「お前……バカだと思ってたけどいいとこ突くな」

「誰がバカよ！　髪の先からつま先まで才能に溢《あふ》れてるわよ！」

「でもその心配は無用だ。意外となんとかなるんだなあ、これが」

なんて言いながら、駿はNアームドスペル【きれいな板】を発動する。

凹凸一つないい文字通りのきれいな板を下敷き代わりにし、エントリーシートにボールペンを走らせる。

「って言ってる傍《そば》から!?」

「んだよ、びっくりしたな」

「え？　一日に使えるカードの枚数は十枚までなのよね??」

「まあ、それがプレイヤーのルールだな」

「なにしれっと一枚分の枠使ってるのよ！　その辺に落ちてそうな木の板に！」

「あ？　見てみろ、この板の艶！　こんな質のいい板なかなか落ちてねえよ」

「そういうこと言ってないわよ！　え？　あんた勝つ気ない？　なんでふざけたの？　ねえ？」

「別に一枚くらい変わらねえよ。少し黙ってろアホ」

「ア！　ホ！　絶対あんたの行動の方がアホだったのに!?」

駿は鬱陶しいと咲奈から視線を切り、いよいよ最終局面の試合に目を向ける。

プリテンダーは更に追い打ちをかける。追加で発動したスペルにより、地面が隆起し、ブラックドッグの行動範囲が狭められた。突然の遮蔽物に動揺し、追い込まれる。

もし、本当にブラックドッグの手札がつきていたなら彼女の負けは固い。

「勝負ついた、ね」

「ああ、ピーキーなカードをうまく使いやがる」

プリテンダーは、トドメだと温存していたスペルを発動する。

嘶《いなな》くは蒼《あお》の雷。それは大地を裂き、空を割り、ブラックドッグへ向けて光の速さで殺到する——が、その瞬間、ブラックドッグの口角が僅かに上がった気がした。

「な——ッ!?」

プリテンダーの狼狽《ろうばい》が観客席まで突き抜ける。

敵へ向けて放った蒼雷《そうらい》が、己の目と鼻の先へ迫っていた。

瞬きの一瞬、二人の位置は入れ替わったのだ。

Rリザーブスペル【エクスチェンジ】

相手プレイヤーとのデッキ枚数の差が二十二枚になった時を条件として発動するスペルであり、その能力は単純明快。互いの立ち位置を入れ替える。

己の放った蒼雷を喰《く》らって、戦闘不能によりそのまま試合終了。

今回の勝者はブラックドッグとなった。

大穴だったブラックドッグに賭けた観客が立ち上がって歓喜し、その他大勢からプリテンダーにはブーイングが浴びせられる。手元の空き缶やらのゴミを投げつけられる勢いで、見ていて気持ちのいいものではなかった。

「酷《ひど》い……二人とも一生懸命戦ったのに」

「別にスポーツでもねえからなあ……っと、これでいいか」

駿はさらさらとペンを走らせ、エントリーシートの項目を全て記入する。

それを茶封筒に戻すと、ミラティアに渡した。

「さっきの人類にわたせばいい？」

「ああ、頼んだ」

「ん、わかった」

ミラティアはとてとてと階段を上って行ってしまう。と、入れ替わるように一人の男が現れた。彼は駿の後ろから忍び寄るように近づき、飛びついて肩に腕を回した。

「よぉ、少年。次の試合に出るんだってぇ？」

くすんだ金色のドレッドヘアに、趣味の悪いサングラスをかけた筋骨隆々の男。

彼は金歯を見せてイヒヒとふざけた笑みを浮かべた。

その顔は緩やかに赤く、気持ちよく酩酊《めいてい》しているのが見て取れた。

「酒くせえ、鬱陶しい、うぜえ」

駿は嫌悪感を隠す素振りもなく、彼の腕を振りほどこうとする。

が、がっちりホールドした彼の腕力は見た目通りに強かった。

「おいおいつれねえな。オレには優しくしといた方がいいぞぉ？　そしたら、次の試合手加減してあげちゃうかも」

「あ？」

「オレがあんたの対戦相手だって言ってんだよ。フルハンドだ、よろしくな」

「へえ、別に相手なんて誰でも変わらないけど」

「クックク、威勢のいいガキンチョだ。嫌いじゃねぇぜ。お近づきの印に試合で使うカードを少し見せてやろうか？」

「いらねえ」

ぴしゃり。逡巡《しゅんじゅん》する様子も見せず、駿は食い気味に言い切った。

「ちょっと、あんた駿から離れなさいよ！　ていうか、試合前に対戦相手に会いに来るとか非常識じゃないの！」

咲奈《さな》はフルハンドの丸太のような腕を引いて引きはがそうとするも、びくともしなかった。

「お？　そういうもんか？　わりぃな彼女ちゃん」

「だ、誰が彼女よ！　こんないけ好かないサイコパスロリコン野郎の恋人なわけないでしょ！」

「……お前言い過ぎじゃね？」

「オブラートに包んだわよ！　まあ？　ただのクソ野郎だけど駿は強いのよ！　フルハンドだかなんだか知らないけどぼっこぼこよ、ぼっこぼこ！」

フルハンドを引きはがすのを諦めた咲奈は、人探し指をビシッと突きつける。

さっきまでは不安そうにしていたくせに調子のいいやつである。

「へぇ、ぼっこぼこねぇ。そりゃ、楽しみだ」

「はあ……お前ら勘違いしてるようだが、試合に出るのは俺じゃねえぞ、こっちだ」

駿が視線を向けた先には萌葱《もえぎ》咲奈。咲奈は後ろを振り返り、誰もいないことを確認してから向き直り、一拍おいて声が漏れる。

「へ？」「ほう」

ぽかんと呆気《あっけ》にとられる咲奈。彼女は二秒動きを止め、なるほどと何かに納得して駿に耳打ちをする。フルハンドもすぐそばにいるため、声を抑える意味はまったくないのだが、今の咲奈はそれにすら思い至っていないようだった。

「駿？　このブラフになんの意味があるのかしら？　作戦？」

「はあ？」

「だって、私が出るなんて、そんな、ねえ？」

「ブラフじゃねえよ。ほら、見てみろ」

何をおかしなことを言ってるんだと頭《かぶり》を振る駿の視線の先、電光掲示板にはちょうど次の対戦カードが表示された。目の前の男の言った通り相手はフルハンド……そして、対する相手の名は『さなちゃん♡』。ご丁寧にハート付きで咲奈の名前が表示されていた。

「な……え、ちょ、え……？　ほんとに……私？」

理解が追い付いていないようで視線をあちこちにさ迷わせて、頬をつねってみたり、ツインテールをくるくる回してみたり奇行を繰り返す咲奈。

やっと事態を把握し、嚥下《えんげ》すると。

「なんてことし腐りやがってんのよおおお!!　ばっかじゃないの！　ばかじゃないのあんた！　このサイコパス！　ロリコン！　人でなしぃいいい！」

咲奈は駿の襟を掴《つか》んで思いきり引っ張って押してを繰り返した。

それに合わせて駿の頭部ががっくんがっくん前後に揺れる。

「いや、おい、まて、お前なんでもできるって言ったじゃねえか」

「限度があるでしょうがぁあ！　限度が！　本当にバカなの!?　ねえ、無理に決まってるでしょ！」

ぐわんぐわんと脳を揺らす駿に、わんわんと喚《わめ》く半泣きの咲奈。

それを見てフルハンドは、それはそれで楽しそうだと金歯を見せた。

「そうか、対戦相手はお嬢ちゃんの方だったか。そりゃ、いろいろ楽しみが増えるな。よろしく、咲奈ちゃん♡」

「うぁぁあああああん、もうかえりゅぅうやだこの島ぁあおねえちゃんたすけてぇええおうち帰りたいいいいいいいいいいいいいいいい――っ」

咲奈に腕を回して挑発するように囁《ささや》きかけるフルハンド。

咲奈はフルハンドの腕からすり抜けてしゃがみ込むと、恐怖やら混乱やらで喚きだした。

こうして、カードの力を扱えない非プレイヤーの少女がキリングバイトの舞台に立つことになったのだった。

◇

鉄の茨に囲まれ、血腥《ちなまぐさ》さが染みついたフィールド。

はしゃぐ観客たちの存在はどこか遠くのものに感じる。

目が焼けるほどのライトの下、咲奈はフルハンドと対峙《たいじ》していた。

駿《しゅん》から受け取ったデッキを慣れない様子で両手で持ち、不安や焦りを噛《か》み潰してフルハンドを睨《にら》みつける。もう後戻りはできない。毅然《きぜん》とあれ。強く錯覚しろ。

「マジでお嬢ちゃんが相手とはぁ驚いた。ところで、ちびったパンツはちゃんと替えてきたか？」

「ち、ちびってないわよ！　失礼ね……ちびってないわよね？」

自分の股間部分を見下ろして、若干不安になる咲奈だった。

「オイオイ…………降参するなら今の内だぞ？」

「しないわよ。私だって遊びでここに来てるわけじゃないの」

「さっきまで喚き散らしてた嬢ちゃんのセリフとは思えねぇなぁ」

「あ、あれは、あんたを油断させるための演技よ！　演技！　レディである私が人前でみっともなく泣き喚くわけないいじゃない。常識的に考えて！」

「へぇ、じゃあ手加減はしねぇぞ。俺の目の前に立ってるってことは、その覚悟があるってことだもんなぁ？」

「え、ええ！　あんたなんて秒で蹴散らしてやるわ！」

ヘラヘラした態度から一転、鋭い視線を飛ばすフルハンドに臆しながらも、強くあれと言葉を紡ぎ、己を鼓舞する。

「賭けをしましょう！　それがキリングバイトでの暗黙の了解なのでしょう？」

「ほぉ、いいだろう。お嬢ちゃんは俺に何を望む？」

「あんた、このへんじゃ有名らしいじゃない。欲しいのは情報。私が勝ったら聞いたことにすべて答えなさい」

「ああ、構わないぜ。俺が勝ったら……そうだな、今晩相手をしてくれよ」

ちゅっと投げキッスをするフルハンドに、背中にムカデが這《は》うような怖気《おぞけ》が走る。

そして、それが開戦の合図となった。

フルハンドは床を蹴り咲奈との距離を詰めんと駆ける。

「――っ！」

咲奈はその分バックステップで距離を取って、一枚のカードを掲げた。

Rベーシックスペル【ファイヤーボール】

非プレイヤーであるはずの咲奈が手にしたカードは――しかし、赤い粒子となり札が散り、頭蓋骨の大きさの炎球が顕現。

それは対象を焼き尽くさんとフルハンドへ向けてひた走る。

「おっとぉ、あぶねえ」

フルハンドは体を地面に投げ出し、回避する。

立ち上がろうと両手両足で地を蹴ろうとして……動かない。

「ほう」

いつのまにかフルハンドの腕に、脚には青々とした蔦《つた》が絡まり、その動きを制限していた。引きちぎろうと力を籠《こ》めて引くも、びくともしない。カードを手にしようにも、特に入念に縛られた腕は数センチだってずらせそうになかった。

「あんた、大口叩《たた》いてた割に大したことないじゃない。切り刻まれたくなかったら降参しなさい」

咲奈は一枚のカードを手に、フルハンドを見下ろして仁王立ちをする。

胸騒ぎを覚えながらも、傲然たる態度を取り続けた。緊張を押し殺すために奥歯で挟んだ頬の肉が痛い。動きを止めたことで心臓の音がやけに鮮明に聞こえる。

「クック、嬢ちゃん優しいね。慣れてないんだろ？　こういう時は、有無を言わせずスペルを打ち込むもんだ」

そう言い終わった瞬間、フルハンドの輪郭があやふやになる。どろりと溶け出し、生き物としての機能を失ったそれは泥だった。

縛る対象がなくなった蔦は解け、咲奈の顔がこわばる。冷や汗。危機感に任せて振り返ると、そこには金歯を見せて笑い、腕を振り上げるフルハンドの姿があった。

「くぅ――ッ!?」

咄嗟《とっさ》に両腕をクロスして顔をガードすると、その上から丸太と見間違えるほどの腕が薙《な》いだ。勢いそのまま地面に叩きつけられる。金属バットで殴られたような痛みに涙が出そうになる。思い返せば、今まで人から殴られたことなど一度もなかった。

咲奈は立ち上がろうと地面に手をついて、その手が震えていることに気付く。

「もう一度聞いてやる。降参するかぁ？　今夜相手してもらうんだ、傷物にはしたくねぇしな」

「降参なんてしないわよ。覚悟はしてきたつもりよ」

「死ぬぞ」

ぞくりとした。背筋が凍るような実感の籠った声だった。

ただの脅しだとは思えない、そんな力の籠った一言。

震えた手を強く握りこむ。頬肉を噛み潰して、前を向く。

「構わない……とは言えないわ。命は惜しいもの。今回出たのも言っちゃえば、あのバカのせいだし。でもね、私はあいつと対等でいたいの。それで私だけ体を張らないなんてレディのすることじゃないわ」

立ち上がる。対する敵を見定め、口の悪いバカを思い浮かべて負けてやるもんかと己を叱咤《しった》する。カードを引き抜き――発動。

「【アイスエッジ】――ッ！」

ビキビキと鳴いて現出する数本の氷の矢。それらは、無防備なフルハンドへ向けて一直線に殺到した。彼には動く素振りもなく、回避できる距離でもなく、カードを発動する暇もなく氷の矢が直撃する。

「やたっ！」

衝突。ガラスの割れる音が響く。それは氷の矢が砕ける音だった。

「実に俺好みの目をしてやがる。ちょっと突いたら絶望しちまいそうな、安っぽい目だ」

まったくの無傷だった。

その場から一歩も動かず、直撃したはずの彼の体には掠《かす》り傷一つついていない。

「く……ッ」

咲奈は続けて二枚のスペルを唱える。

Rベーシックスペル【サンダーブレイク】同じく【マッドポイズン】

空を裂く雷電が、猛毒が練り込まれた泥の弾丸が彼を襲う――が、やはり彼は一歩も動かず、結果も同様だった。彼には傷一つ、汚れ一つついていないのだ。

フルハンドの胸元のルビー色のペンダントが妖しく光る。

「あんた、そのペンダントって……」

「気づいたかぁ？　【アンチフィールアクセ】。レア度R以下のスペルの効果を完全にシャットアウトするアームドスペルだ」

つまり、SR以上のカードを発動することができないこのフィールド内では、【アンチフィールアクセ】を身に付けたフルハンドを害することはできない。

アームドスペルは、主に質量を伴った特定の物を出現させるスペルである。

それぞれの耐久度が切れるまでは何度でも使用可能であり、タオル、剣、さきほど駿が使った板、今回のペンダントなどがこれに該当する。

「そのカードのレア度は？」

「SRだぜ？　わりぃな。このフィールド内でSR以上のカードを発動することはできないが、発動済みを持ち込むことはできる」

「入る前に持ち物はチェックされたわよね」

「ああ、運よく見逃してくれたようで助かったぜ」

「ふん、クズね」

運よく？　そんなわけがない。

ここは、最初からフェアな勝負を望めるような場所ではなかったのだ。

だが、それでいいと咲奈《さな》は胸を撫《な》でおろし、口角を上げた。

「でも……あんたがクズで助かったわ」

「あぁ？」

咲奈は勝ちを確信してふぅと息を吐いた。

このフィールドに入る前の、駿との会話を思い出す——。

◇

「あんた正気!?　そもそも私カード使えないし！　戦えるわけないじゃない！　私を殺したいの!?」

「まあ、話を聞けよ。俺もカードの力を使ってフィールド内には入る。カードは使ったフリをしてくれればいい。俺がそれに合わせて発動させるから。エフェクトやらもこっちでどうにかなるしな」

「ちょっと待って、SR以上のカードは使えないってルールじゃなかったかしら。R以下のカードでそんなことできるの？」

「違うな。SR以上のカードは発動できないがルールだ」

「なにがちが……あ、そっか、発動はできないけど、既に発動している状態なら問題ないんだ」

「正解だ。だから、俺のとっておきのライフの力を使い、一緒にフィールド内に紛れ込む。

まあ、相手も同じようにSR以上のカードは使ってくるだろうな。端《はな》から正々堂々と戦う気なんてないだろうし。そこで、相手の不正がわかった瞬間に俺が出る。こっちも明らかなルール違反だが、相手も同じならお互い様だろ?」

「ねえ、それはわかったけど、こんなまどろっこしいことする必要ある? 初めから駿が出ればいいじゃない」

「別にそれでもいいぞ? お願いしますって頭を下げてくれるなら考えてやらんでもない」

「な――っ!?」

「俺にもメリットがあるから、萌葱那奈《もえぎなな》を捜してる。だが、命を懸けても萌葱那奈を助けたいとまでは思ってない。咲奈はどうだ? 命を張ってでも肉親を助けたいと思うか? それなら覚悟を見せてくれよ。口だけじゃないってことをさ」

試されている。駿は咲奈を見定めるように瞳を細める。

それは何かを期待しているようでもあり、咲奈の中から何かを探し出そうとしているようでもあった。

駿はきっと無意識のうちに自分と咲奈を重ねている。

妹を捜し続ける駿と、姉を捜しに色藤島《しきとうじま》までやってきた咲奈。

咲奈がどういう選択をするのか、どこまで本気で、どれほどの覚悟があって、その末に何を摑《つか》み取るのか興味があった。

　願わくは、彼女には強く、正しくあってほしいと思いながら。

「誰があんたに頭なんて下げるもんですか！　いいわよ、やってやるわよ！　やってやろうじゃない！　ええ、口だけじゃないってところを見せてやるわよ！」

「震えてるな」

「震えてない！」

「怖いか？」

「怖いに決まってるでしょ！　でも、お姉ちゃんを助けられない方がもっと怖いの！　だからこれくらい余裕よ、私は才能に溢《あふ》れた超絶美少女だもの！」

「そか。咲奈は……強いと思うよ。大丈夫だ。なんかあったらすぐに助けるからさ」

「ふ、ふん……急に優しくしないでよ、バカ」

　駿《しゅん》はそっと咲奈の頭を撫でる。咲奈はその手を振り払って、べーと舌を出して威嚇した。

「最後に二つだけ。キリングバイトでは個人的に賭けをするのが暗黙の了解だ。フルハンドに自分が勝ったら聞いたことに全て答えるよう持ち掛けてくれ。もう一つは、自信を持て。根拠なんていらない。自分は誰よりも強いんだって、負けるわけがないって尊大で不遜で厚顔無恥で強くあれ」

「ええ、わかったわ。見てなさいよ、私の覚悟を」

こうして、咲奈は確かな覚悟を持って戦いのフィールドに立つのだった――。

◇

フルハンドの表情から僅かに慢心の色が薄れる。警戒されているのが伝わる。

絶対的に有利な状況に立ったはずなのに、この咲奈の余裕はいったいなんだろう。

「あんたより、うちのクズの方がクズだったたって話よ」

その答えは、思考より早く衝撃としてやってきた。

フルハンドの視界はブレる。脳を揺さぶる一撃。

不可視の質量を顔面に受け、フルハンドは抵抗する間もなく吹き飛ばされた。

「がぁ――ッ!?」

その正体は、使役するライフのスキルで姿を隠していた駿による上段回し蹴りだったの
だが、彼の姿が見えないフルハンドは、いきなりの衝撃に理解など追い付いていなかった。

揺さぶられる脳と視界の中、地面に頬を付けるフルハンドは呻《うめ》き声《ごえ》を漏らす。

「よう、フルハンド。ここからは俺のターンってことで、よろしくな？」

フルハンドの視界に二本の足が映りこみ、顔を上げるとそこには夜色の髪を揺らす目つ
きの悪い少年が一人立っていた。その斜め後ろには作り物のように神秘的な少女。

駿はフルハンドを見下ろして意地の悪い笑みを浮かべている。

「あん時のガキぃ……いつからいやがった」

「初めからだよ。考えはテメエと一緒だ」

「よくチェックを通り抜けられたな。観客とレフェリーの目も誤魔化すほどとなると、よほどいいカードを使って…………って、おいおいまさか…………っ」

フルハンドはミラティアを見て、驚いたと焦りを滲《にじ》ませる。

「聞いたことあるぜ。今まで一度も使い手がいなかった［恋人］のカードを操るプレイヤーが現れたって」

ネームドのライフは特別で、ライフ自身が使い手を選ぶ。ライフから認められなければ、プレイヤーは使役することを許されない。そして、フルハンドの言う［恋人］のライフは、今までたったの一人のプレイヤーも主として認めなかった。

「お前か、お前が恋人使い《ファントムラバー》か!?」

激しい動揺。拳を握り込む。奥歯を噛《か》みしめる。サングラスの下の瞳は後悔に揺れている。迂闊《うかつ》だった。もっと警戒心を抱くべきだった、と。

「へ、え？　ふぁんとむ？　どういうこと？」

そんなひりついた空気の中、またも咲奈だけは状況がわからないと首をかしげていた。

「幻のＬレア、精霊種のカード。［恋人］の名を冠するライフ――ミラティア」

フルハンドは、噂《うわさ》でしか聞いたことのない伝説級のライフのその名を看破した。間違いであってくれというほんの少しの期待は、ニヤリと口角を上げる駿と、その横でブルートパーズの髪を揺らすミラティアによって打ち砕かれる。

「そう、わたしが恋人。シュンだけの恋人」

ミラティアは駿の隣に立ち、堂々と誇らしげに言った。

ライフとしての衣装を纏《まと》い、戦闘モードのミラティアは銀氷の眼光を打ち付ける。

それを聞いて驚いたのは、やっと事態を把握した咲奈だった。

「ちょ、え？　ライフ!?　人間離れしてるとは思ってたけど、ミラちゃんってライフだったの!?」

「あれ？　言ってなかったか？」

「初耳よ！　じゃあ、姿を消してたのも全部ミラちゃんの能力ってこと？」

「ああ。ちなみに、観客は今もフルハンド対さなちゃん♡の試合を見てるだろうぜ。偽物のな」

ミラティアのスキルは《幻惑》。

光の屈折を利用して指定した場所に実体のない像を映し出す。

視界を操り、敵を欺き、現《うつつ》すら欺き、幻を練り込む幻術系最上級のスキルである。

駿はその《幻惑》の能力をフィールド全体にかけた。音声の齟齬《そご》など、この熱狂の中では気にならないだろうし、彼らは駿の乱入には気づいていないはずだ。

「ん。この辺り一帯はすでにわたしの支配下」

わたし偉いでしょ、とでも言いたげに主人を見上げる彼女の頭を、駿は優しく撫でてやる。

「このフィールド全てに幻覚を敷いたのか？　それも、自分自身の透明化にも力を割きながら……いや、Lの精霊種なんだ。それ以上もあるか……？」

フルハンドの喉が鳴る。

もしかしたら目の前にいる駿の姿も偽者かもしれない。

そういった疑念が脳内をひた走る。脂汗。足が竦《すく》む。

どちらの分が悪いかなど火を見るよりも明らかだった。

「さあ、どうだろうな？　続けようぜ。不正はお互い様だ。ズルいだなんて駄々をこねたりはしねえよなァ？」

「ああ……こんな世界だ。騙《だま》されるやつが悪い。そう思ってやってきたからな。自分の時だけ都合よく糾弾なんてしねぇさ」

カードを取り出し、腰を低く、構える。

咲奈を相手にした時とは異なり、本気で集中力を研ぎ澄ませ、勝つために思考を巡らせる。たとえ、それが悪足掻《わるあが》きにしかならないとしても。

持ってきたSR以上のカードは【アンチフィールアクセ】のみ。敵の力は未知数。使えるカードをピックアップ。フルハンドは勝利への方程式を組み上げ――。

「と、言いたいところだが。あんたには勝ちを譲ってやってもいい」

「…………は？　今なんつった？」

拍子抜けしたフルハンドは集中力の糸が切れる。意図が読めない質問に、疑義を唱えながらも、それが油断を誘うための虚言だとは思えなかった。

「勝敗なんて《幻惑》でどうとでも変えられる」

観客が見ている幻覚では、咲奈《さな》が巧みにスペルカードを操り、フルハンドを追い込んでいた。矢継ぎ早に唱えられる異能の一撃一撃に、フルハンドは避《よ》けるので手一杯の様子だ。

それが、駿が指を鳴らした瞬間に状況は一変する。

フルハンドは転移系のスペルで一気に距離を詰めた。そのまま接近戦に持ち込まれ、咲奈には苦しい展開へと移り変わる。

「何が目的だ？」

フルハンドは長年キリングバイトで生き残ってきただけあって、頭はきれる方だ。狡猾《こうかつ》で、リスク管理に長《た》けていて、己にとって何が一番益のあることかを心得ている。加えて、彼なら今の一瞬で実力差も十分に理解しただろう。

「最初に賭けをした通りよ。あなたに聞きたいことがあるわ。それを教えてくれれば、私は敗《ま》けたことにしていい」

「なるほど、わかった。俺が知っていることならなんでも話そう。こんな初出場の小娘相手に黒星がつくことの方がよっぽど痛い」

フルハンドは迷いなく承諾する。

「萌葱那奈を知ってるか？」

「いいや、知らないな」

そう言って首を横に振るフルハンドを、咲奈は刺すように睨《にら》みつける。

ほんの少しの挙動も見逃さない、そんな緊張感を覚えた。

「おいおい、嘘《うそ》はついてないぞ。色藤島の事情には詳しいつもりだが、聞いたことすらない」

「わかった。じゃあ、プレイヤースキルについてはどうだ？　さすがに何も知らないなんてことはないよな？」

「そういうものがあるって噂話はよく耳にするな。欲しがってるやつならクソほどいるぜ？　なんせ、プレイヤーとして一つ上のステージに立てるんだからな」

「具体的な入手方法は知らないと？」

「なんだ、あんたプレイヤースキルが欲しいのか。だったら残念だったな、その方法があるなら俺が知りたいくらいだぜ」

「本当に何も知らないのか？　プレイヤースキル持ちがこの辺りで目撃されたって話を聞いたんだがな」

　駿は瞳を鋭く細めて、フルハンドに詰め寄った。

　後ろでは、ミラティアがルビーの瞳をゆらりと揺らしている。

「ほ、本当だ！　少なくともキリングバイト内でプレイヤースキル持ちがいるなんてことはないはずだ。それで俺が知らないはずはないからな」

「まあ、いいや。じゃあ、オラクルについては？」

「それも詳しくは知らねぇな。裏では名前だけ有名だけどな。なんか特定のカードを集めてるって噂はあるな」

「カードを集める……？　オラクルって組織の名前なのか!?」

　駿の反応を見て、フルハンドはしまったと顔を顰《しか》める。

「おい、なんだその反応？　何を知ってやがる」

「く、詳しくは知らねぇって。ただ、もっともったいぶればよかったなぁって思っただけで……はは」

「ちっ」

　彼が本当に何も知らないのか、隠したい何かがあるのかは知らないが、今力強く詰め寄るのは得策ではないだろう。怪しいのであれば、尚更《なおさら》泳がせておいた方がいい。

「代わりにと言っちゃあなんだが、必ずいずれかの情報を持ってるやつなら知ってる。とある情報屋なんだがな。これでも顔は利く方だ、紹介状なら書いてやれる」

フルハンドの言葉に、駿《しゅん》の表情がわかりやすく曇った。

警戒や不信感というよりは、嫌悪感がにじみ出たような顔だった。

「一応聞いてやるが、情報屋の名前は？」

「ああ、朝凪《あさなぎ》と――」

「わかった、もういい。紹介状もいらねえ。出るぞ、ミラ」

「ん」

駿は不機嫌そうに吐き捨てると、フルハンドに背を向ける。

「ちょ、ちょっと駿！　どうしたのよ急に」

「腹減った。帰る」

「そんな雑な説明ある!?」

駿の物言いに納得がいかなくとも、一人で残るわけにもいかない咲奈は彼の後を追う。

「おい、役立たず。試合はお前の勝ちにしといてやるよ。今後も仲よく頼むな？」

釘《くぎ》を刺すように鋭い視線を打ち付ける駿に、フルハンドはやっかいなやつと関わっちまったと嘆息する。

「そりゃ、ありがたい。嬢ちゃんもまたなぁ。今度会った時は相手してくれよ」

「誰があんたなんか！　もう会いたくないわよ！」

べーっと舌を出した咲奈は、逃げるようにフィールドを後にした。

約束通り《幻惑》で映し出した試合は、フルハンドの勝利として処理されたのだった。

◇

最も外側に位置する第一層の観客席。マジックミラーに覆われたビップ用の客席から咲奈とフルハンドの試合を睥睨《へいげい》する二人の女がいた。

「あらあらあら。妙だわ、おかしいわね」

一人の少女は煌《きら》びやかで豪奢《ごうしゃ》な椅子に体を預け、眉を顰《ひそ》める。

腰元まで伸びた黒と赤のツートンカラーの髪。陶器のように白い肌に、恐怖を感じるほどに整った顔。燃えるように絢爛《けんらん》なドレスに身を纏うその姿は、お姫様というより女帝という名が相応《ふさわ》しいような尊大さを感じさせた。

「ヘレミアさん。妙って？」

隣に座るもう一人の少女が、ツートンの女性に声をかける。

どこか大人びた雰囲気を纏いながらも、少女としてのあどけなさを残した顔立ち。出るところは出て引っ込むところは引っ込んだ、女性なら誰もが羨むような肢体。彼女は肩甲骨の辺りまで伸びた栗色《くりいろ》の髪を揺らし、不思議そうにキリングバイトのフィールドを注視する。

「なるほど、そういうことでしたか――あなたの方から来てくださるなんていじらしいじゃありませんか、恋人」

ヘレミアは隣の少女の疑問に答えることもなく、一人で納得したようにほくそ笑む。

試合が終了した後、遠くにミラティアの姿を見咎《みとが》めて、違和感の正体にも全て得心がいったようだった。彼女の力があれば、試合の改ざんくらい容易だろう。

「もぉ、一人で納得しちゃってさ。私も一応仲間なのにさ」

「仲間、ですか？　でも特に親しいわけでもないので、口の利き方には気を付けてください☆」

「ふぁい」

気の抜けた態度の少女に、ヘレミアがニコニコの笑顔で言った。

と、少女は急にスイッチが切り替わったように、瞳の色を曇らせて態度を変えた。

「――っ、ご、ごめんなさい。ちょっと調子乗ってた、かも」

「わかればいいのですよ。それで、リストアップの方は済みましたか？」

「はいはぁい、私的にはこんなものでいいかなぁと」

少女は今回のキリングバイトのプレイヤー表が書かれた紙をヘレミアに渡した。

紙には赤ペンでいくつか書き込みがしてあり、それは主にとある実験の適性に関するものだった。

「五番と六番ね。こんなのは義理立ててやってあげているだけなので、適当で構わないわ。どうせ、死ぬ時は死ぬもの」

ヘレミアは受け取った紙を流し見ると、後ろに控えていた黒服の男に渡した。

「それよりも、問題はあの［恋人］です。彼女がいれば、私はオラクルで優位に立てる」

ヘレミアの熱い視線は、ブルートパーズの髪を揺らす少女に注がれていた。

愛《いと》しい想《おも》い人《びと》を見るように、恍惚《こうこつ》な視線をミラティアへ向ける。

「ふぅん。かわいいのはわかるけどさ、そんなに価値があるの？」

「ありますよ。今度こそ手に入れてみせる。待っていてくださいね」

ヘレミアとしては、喉から手が出るほど欲しい駒だ。

組織内でのパワーバランスを考えても、これから激化するであろう争奪戦を考えても。

隣で退屈そうに伸びをする少女の視線は――ある一点に留まり、驚愕《きょうがく》に顔を歪《ゆが》めた。

「――っ、うく……」

突然頭が緊箍児《きんこじ》で締め付けられているようにキリキリと痛む。

何かを無理やり押しとどめられているような、刺されるようなそんな感覚。

ミラティアの隣にいる、ツインテールの少女にどうしても視線が惹《ひ》きつけられる。試合を見ていた時に感じた違和感が今解放されたように脳が痛い。

「あら、どうしたの？」

「あ、あの子……何か……」

「ああ、ああ、なるほど、なるほど。いいわね、いいじゃない、そうなのね！　私、とってもついてるわ」

「……へ？」

「使えそうだわ。あの子も、あなたも。うまい具合に盤面が整いそう☆」

ごきげんに人差し指を宙に這《は》わせて、何やら計算するヘレミア。

少女は隣で今も酷《ひど》い頭痛に苦しんでいた。

「これ以上組織の、人間どもの好きにさせるのもおもしろくありませんし、そろそろ私も動き出すといたしましょう。悲願のために、このクソったれな世界で尊き者を救うために、私たちが、ライフが救われるために——運命シリーズを全て集めてみせるわ」

ヘレミアは立ち上がり、豪奢なドレスを翻してこの場を後にする。

組織の言いなりになんてなってやらない。出し抜いてやる。利用してやる。来たる日のために力を付けなくてはならない。

そのためのチャンスが今、目の前に転がって来た。

ヘレミアは組織のためでも、誰のためでもなく、己の願いのために歩を進めるのだった。

◇

「まったく、急になんなのよ、あいつ。ていうか、こーんなかわいい女の子を危険な目に遭わせてなんとも思わないのかしら」

咲奈《さな》は試合が終わると、地下施設内のお手洗いを借りていた。

地上は目も当てられないような酷い荒れようだったが、地下はその限りではなく、トイレも清潔に保たれている。むしろ一定の高級感を感じるほどで、キリングバイトには潤沢な資金源があるであろうことが察せられた。

「初めまして、萌葱《もえぎ》咲奈」

「にゃ、にゃぬん!?」

手を洗いハンカチで拭いていると、鏡にぬっと人影が映る。

深くローブを被《かぶ》った……声からして女性だろうか。

その所作からは貴族のような気品と、身体《からだ》の芯が凍るような妖しさが感じられた。

「び、びっくりしたわね……初めまして！　萌葱咲奈よ……って、あれ？　今名前呼んだわよね？　色藤島《しきとうじま》に知り合いはいないはずなんだけど……」

そこまで口にして、自分が不正渡航者であることを気にした咲奈が慌てて口を噤《つぐ》む。

しかし、ローブを被った女性は特に気にはしなかったようでニコニコとしていた。

「そうですね、あなたの名前は回覧板で回ってきました」

「私の個人情報がご近所で共有されてる!?」

「冗談です」

女性はケラケラと笑う。なんとも摑《つか》みどころのない人だ。

「実は私、あなたのお姉さんとちょっとした知り合いなんです」

「お姉ちゃんと!?　お姉ちゃんを知ってるの!?　お姉ちゃんはどこにいるの!?　生きてるの!?」

「落ち着いて、咲奈さん。那奈《なな》さんは生きています。どこに……というのは申し上げられないのですが、私は助けてあげたいと思っているわ」

「助けて……?ってことは、お姉ちゃんは今どこかに捕らわれてるってこと?」

激しく取り乱す咲奈にも、女性は穏やかな態度を崩さなかった。

「はい、私が捕らえています」

「…………は?」

あっけらかんとした彼女の物言いに、咲奈は一瞬思考が追い付かなかった。

それを理解してから彼女に詰め寄ろうと手を伸ばすも、ひらりと躱《かわ》されてしまう。

「あらあら、元気がいいのね、咲奈さん」

「あんた……ふざけてるの？」

「まあああまあ、落ち着いてください」

「落ち着いてられるわけないでしょ!? 私はお姉ちゃんを捜してここまできた！ 元凶があんただっていうなら、どんな手を使ってでもお姉ちゃんの下まで連れてってもらうんだから！」

「私、嘘《うそ》はついていません。だから、那奈さんを捕らえているというのも本当ですし、助けてあげたいと思っているのも本当なんですよ？」

「はあ？ 意味わかんないわよ」

「だって、可哀想《かわいそう》じゃないですか。何も悪いことをしてないのに、ちょっと都合がいいからって捕まえられちゃったんですよ、那奈さん。できれば解放してあげたいと思うのが、人情というものです」

「だったら、あんたがそうすればいいだけの話じゃないの」

彼女ののらりくらりとしたマイペースな喋《しゃべ》り方《かた》に、咲奈の苛立《いらだ》ちだけが募っていく。

「でも、私にも事情というものがあります。本当は那奈さんなんてどうでもよかったのですが、あなたが来て、あなたが「恋人」といたから意味ができました」

「恋人？ 何を言って……っ」

「那奈さん自体に価値はないので本当にどうなってもいいの。無事に助けてあげてもいい。

だから、取引をしましょう？」

「取引……？」

目の前の胡散臭《うさんくさ》い女を今すぐに引っ叩《ぱた》いてやりたい。そう思いながらも、彼女には思わず話を聞き入ってしまう危うい魅力があった。

「はい、そうです。きっと桐谷駿《きりやしゅん》は［恋人］を連れてまたここを訪れるわ。その時、あなたには彼から［恋人］を引きはがしてほしいの」

「駿の名前まで……恋人って、ミラちゃんのこと？」

「そう難しい話じゃないのよ。きっと、次に来た時には乱戦になりますから、その時にうまく［恋人］を別の場所に誘導していただければいいわ」

「そ、それだけ……？　それで、お姉ちゃんは助かるの？」

本当に再びこの場に来ることがあるのか。なぜ、駿の名前を知っているのか。今彼女が言ったことにどんな意味があるのか。様々な考えが過《よぎ》りながらも、咲奈の一番の関心事は実の姉のことに決まっていた。

そのために、色藤島まで遥々《はるばる》やってきたのだ。相手がどんな悪人だったとしても、姉を助けるチャンスが湧いて出て、どうして潔く首を横に振れようか。

「はい、約束します。絶対に那奈さんを解放すると」

「でも……それって、駿を裏切ることになるのよね？」

「そうなるかもしれませんね。私の狙いは、彼の［恋人］ですから」

「じゃ、じゃあ――」

「でも、あなたに断るという選択肢がありますか？　私――人一人の命なんてなんとも思っていないのよ」

「――ッ」

女の熱の籠らない刃物のような視線がローブの奥で揺れる。

これが脅しでないことも、彼女がアリを潰す感覚で人を殺せるのだということも、本能で理解させられた。それこそ、生き物としてのステージが違うとさえ思えた。

命の恩人ながらいけ好かない男である駿の顔が過る。

恩を感じてなくはないが、正直胡散臭いやつだ。何を考えているかもわからないし、咲奈の扱いは雑だし、彼も自分にメリットがあるから動いているのだと言っていた。

実の姉である那奈の姿が過る。

ずっと優しかった姉。咲奈のことをよく褒めてくれて、嬉《うれ》しいことがあれば一緒に喜んでくれて、シスコン過ぎるのはたまに鬱陶しかったけど、大好きなお姉ちゃんだ。

天秤《てんびん》にかけるまでもなく、どちらが大事かなんてわかりきっている。

それでも――。

「わ、わかったわ……でも、少し考えさせて」

姉譲りの優しさを持つ咲奈は、ここで即答できる程に非情にはなれなかった。

「いいでしょう。あなたが賢くあることを期待しているわね」

全てを見透かしたような瞳を湛《たた》えた彼女の姿は、幽鬼のように不鮮明になる。

輪郭がぼやけ、馴染《なじ》むように歪み……やがて嘘だったかのように消えてしまう。

ただ、彼女が幻でないことは、搾れるほどの手汗と、やけにうるさい心臓の音が証明していて――俯《うつむ》いた咲奈は、ただ強く拳を握り込むのだった。

◇

「なあ、あいつトイレにしては遅くねえか？」

試合が終わった駿はすぐにでもこの場を後にしたかったのだが、「ちょっと私の排せつ物が唸《うな》りを上げてるわ！」と焦る咲奈が意味のわからないことを言い出して、トイレへ駆けこんでいってしまった。

駿は仕方なく自販機で買ったコーヒーを飲んで待っていたのだが、十数分経《た》っても彼女は帰ってこない。普段ならなんとも思わないし、なんなら置いて帰ればいいと思うくらいなのだが、今回は場所が場所なだけに嫌な想像も頭を過る。

「きっとだしてしまったぶんを食べてる」

飲むプリンと書かれたお気に入りの缶ジュースを抱えるミラティアは、特に咲奈の動向には興味がない様子だ。軽くなった缶を高く掲げ、穴から中を覗《のぞ》き込む。

と、大きな塊が降ってきて、彼女の鼻の上に載った。

「…………あぅ」

「何やってんだ、お前は」

駿は呆《あき》れ半分微笑《ほほえ》ましさ半分でミラティアを一瞥《いちべつ》すると、鼻の上のプリンを拭ってやって口元に運んだ。口の中に小さな甘ったるさがじんわりと広がる。

ミラティアは、ぺろりと指を舐《な》める駿を見て、僅かに頬を赤くした。

「シュン、それは……ちょっとズルい」

「ま、たまには仕返しを……じゃねえ、あのお転婆お嬢様を早く回収したいんだが」

案内標識に従ってトイレへ向けて歩く。

すると、女子トイレの中でローブを深く被った人物と喋る咲奈の姿が遠目に見えた。

「シュン。あれ、たぶんライフ」

ミラティアは緩んだ雰囲気を締めて言った。

「精霊種か？　たく、変なことに巻き込まれてないだろうな」

何やら言い合いをしている様子の二人。

駿とミラティアは慌てて咲奈の下へ駆け寄るが、見計らったかのようなタイミングで、ローブの人物は霞《かすみ》が夜空に溶けるようにその姿をくらませてしまった。

「おい、咲奈！　無事か」

「へ？　あ、駿」

「は？　何寝ぼけてんの？」

取り繕ったようににへらと笑う咲奈。

無駄に落ち着きのない挙動に、駿は眉根を寄せる。

「ね、寝ぼけてなんかないわよ！　おはようだわ！」

「寝ぼけてんじゃねえか。で、なんなんださっきのやつ」

「さ、さあ？　なんか私の個人情報を載せた回覧板を回してたみたいだけど」

「ああ、俺が渡したやつだな、それ」

「やっぱりあんたが原因なのね!?」

「いや、ボケにボケで返すなよ。まあ、言いたくないならそれでもいいけどさ」

行くぞ、と踵《きびす》を返して歩き始める駿。

もう中身がないとわかって名残惜しそうに缶を見つめながら、ミラティアも続く。

「ね、ねえ駿」

「あ？」

縋《すが》るような声に、咲奈を振り返る。

彼女は指と指を絡め、なんと言おうか逡巡《しゅんじゅん》した様子を見せて、数秒経ってやっと口を開いた。

「駿はどうしても助けたい一人のために、他のすべては犠牲にしていいって思える？」

「当たり前だろ……って言いたいとこだが、全てじゃない。でも、ほぼ限りなく全てのことは犠牲にするつもりだ」

「つもりって……そう、あんたらしい答えね」

同じ問いに対して即答できない咲奈《さな》は、果たして優柔不断なのだろうか。

それは助けたい一人への思いが弱いことの証明になるのだろうか。

そんなはずはない……そんなはずはないと思いながらも、どうしても全てを犠牲になんて割り切った考え方はできなかった。

この命ならいくらでも差し出そうと思えるのに、他人を勝手にベットするような傲慢さは持ち合わせていなかった。

もし、那奈が咲奈の立場ならどうするだろうか。

全てを顧みず助けてくれたなら、嬉しいと思えるだろうが、同時に一抹の寂しさも感じると思うのだ――だって、那奈には大好きな優しいお姉ちゃんのままでいてほしいから。

Phase.3 揺れ動く感情―ザフールの天秤

あれから駿たちは、萌葱《もえぎ》那奈《なな》について更に捜索を進めた。

しかし、この数日間、キリングバイトで得た情報以上のものを得ることはできないでいた。

これまでにわかったことは、那奈は二週間以上寮には帰っておらず、学校にも顔を出していないこと。

学校へしばらく休む旨の連絡をしていること。

オラクルとはなんらかの組織の名前であること。

プレイヤースキル持ちは誠背区《せいはいく》の辺りで目撃されたらしいが、すくなくとも普段からキリングバイトに出入りしている者の中に該当者はいないということだ。

「……はぁぁああ」

幸せ大放出。暖色系の暖かなライトの下、咲奈はテーブルにつっぷして大きくため息をついた。心なしか彼女の頭から生えるツインテールも元気がないように見える。

カラン。咲奈のアイスティーが心地良い音を立てる。

グラスの下、シックなブラウンのテーブルには小さな水だまりができていた。

「わりぃ。もっと簡単に見つかるもんだと思ってたんだがな」

駿、ミラティア、咲奈の三人は今日も今日とてシュヴァルベに集っていた。

鶺鴒《せきれい》は常連や新規客で賑《にぎ》わう中、忙しそうに接客をしていた。

そんな中、店内の最奥に位置する四人掛けのテーブル席だけお通夜のような雰囲気が流れている。

咲奈の正面に座る駿は、気だるげにカードの整理をしていた。

「別にあんたが謝ることじゃないわ。そもそも、これは私一人でやらなきゃいけないことだし」

「まあ、俺にも目的があって協力してるわけだし、そこは気にすんな」

「ねえ、駿。キリングバイトのときに、フルハンドが言ってたわよね。必ず情報を持ってるやつがいるって」

「あー、まあ、そうだな」

駿は露骨に嫌そうな顔をする。

そんな彼を見て少しの逡巡を見せながらも、咲奈は口を開く。

「あんたが嫌がるってことは、何か事情があるんでしょうけど、他に選択肢なんてないわよね。私なんでも協力するし、だから――」

「悪い、それは無理だ。クソほど優秀な情報屋には違いないんだけどな。どうにもならなかった時の最終手段にしてくれ。それに、咲奈にとってもいい結果にならないと俺は思ってる」

「そう……なのね」

はっきりと拒絶をする駿《しゅん》を見て、咲奈は俯いて口を噤《つぐ》む。

ミラティアはというと、駿の隣で顔が隠れるほどの巨大パフェを黙々と口に運んでいた。

本日廃棄になる生クリームやフルーツを使って鶺鴒が作ってくれたもので、見ているだけで胸焼けしそうであった。

「も～、辛気臭い顔しちゃって！　カワイイ顔が台無しよ、咲奈ちゃん」

「鶺鴒さん……」

仕事の方が一区切りついたようで、鶺鴒は駿たちのテーブルに顔を出す。

辛気臭い空気を振り払うように笑顔を振りまき、いつものハイテンションでやって来た。

「駿ちゃんの仏頂面はいつものことだから諦めるけど、咲奈ちゃんまでこんなになったらアタシ悲しいわ」

「そ、そうよね。大丈夫よ、鶺鴒さん。私こんなのにだけには絶対ならないから」

咲奈は駿を指さして、意気揚々と言い放つ。

謎に引き合いに出されて納得いかないのは駿だった。口をへの字に曲げ、ジトッとした目で二人を見る。

「そうだ！　明日はみんなで息抜きでもしてきたら？　捜索も行き詰まってるみたいだし、ストレスの発散も重要よ。咲奈ちゃんもせっかく色藤島《しきとうじま》に来たんだし」

鵜鴒はパンと手を叩《たた》いて笑顔で提案する。

それに対して懐疑的な視線を向けるのは、駿と咲奈だった。

「暇ないだろ。そんな気分でもないし」

「これに関しては、こんなのに賛成だわ。私はいち早くお姉ちゃんを助け出さないといけないの。それに、ここまで来て私が遊んでるのって違うと思うし……」

咲奈は姉が現在どういう状況にあるか知っているのだ。

ヘレミアの話を聞く限り、那奈の命が脅かされるようなことはしばらくないはずだが、安心できるかと聞かれれば、答えはノー。

それで自分だけ息抜きに遊びに行こうなどと思えるわけがない。

「急がば回れっていうじゃない？　そういう気分じゃないからこそ、一旦気持ちをリセットした方が、うまくいったりするものよ？」

「だからって、息抜きなんてしてる場合じゃないだろ」

「焦って解決する問題なんてないのよ。駿ちゃんはよくわかってるでしょ？」

「………………」

ただ苦しい思いだけして、我武者羅に頑張ればよかったのなら、今頃凜音《りんね》とは再会できているはずで、それで痛い目を見たのも一度や二度ではない。

鶺鴒の言葉に思い当たるところがあった駿は押し黙るしかなかった。

「咲奈ちゃん、あなたのお姉ちゃんは楽しんでる妹を見て喜べないような人？」

「そんなことないけど……でも」

「別にお姉ちゃんのことを忘れろって言ってるわけじゃないの。気持ちの問題ってバカにできないのよ？　お姉ちゃんをいち早く捜し出すためにも、明日はちょっと肩の力を抜いてきなさいな。一見意味のなさそうな回り道にこそ、綺麗《きれい》な花が咲いてるものよん」

到底そんな気分にはなれないのは前提として、駿は鶺鴒がそう言うなら……と耳を傾けざるを得なかった。

このままひたすらに意味のない捜索を繰り返すのはただの自己満足に他ならない。

姉の那奈を助け出すために、咲奈は自分のできることを考える。

心が折れてしまわぬように、気丈に振舞い、前を向かねばならない。

譲れないもの。利用できるもの。今手元にある選択肢と、那奈の気持ちと――考える。

「それは……そうなのかも、しれないわね」

こうして、鶺鴒の提案により、駿たちは一日の休暇を過ごすことを決めたのだった。

◇

高菓区《こうかく》は色藤島の四区の中で最も人口が多い街である。

研究所が多く、開発の失敗などを理由に荒れ果てた街が目立つ誠背区。土地の多くが住宅地及び町工場が集まっている鶴妓区《つるぎく》。貨物船などを受け入れる現在の主要な港である椀《わん》戸《ど》港ターミナルが存在する椀戸区。

他三区と比べて、高菓区にはレジャー施設や商業施設が集中しており色藤島の中で飛びぬけて煌《きら》びやかな街となっている。

それに伴い最も都市化が進んでおり、立ち並ぶ天突くほどの摩天楼は圧巻。

本土の東京にも引けを取らないほどに開発の行き届いた都市には、咲奈も驚嘆していた。

咲奈の希望で駿ら三人が足を運んだのは色藤島最大の商業ビル——高菓スカイビル。

アパレルショップや、飲食店、雑貨店など多くの商業施設を含んだビルで、色藤島の観光スポットの一つとしても有名である。

「ミラちゃん、きゃ、きゃわぁっ!? かわいすぎりゅぅううう!!」

服の替えがないという咲奈の希望で、アパレルショップを回っていた、駿、ミラティア、咲奈だったが、気づいた時にはミラティアが、試着室でゴシックロリータ服に身を包んでいた。

端的に言うと、ミラティアは咲奈の着せ替え人形になっていた。

ふわふわとフリルの付いた黒を基調とした小悪魔チックなドレス。

まるでファンタジーの世界の住人だなどと言おうものなら、元々ミラティアの存在はファンタジーで、普段の格好も十分普通ではないと突っ込まれてしまいそうだが、これは彼女のために作られた服なのではないかと疑いたくなるほど似合っていた。

ミラティアが普段は白っぽい服を好むこともあり、ゴスロリ服は新鮮に映る。

「しゅ、シュン……たすけて」

彼女は困ったような、戸惑ったような顔で駿に助けを求める。

「さあ、ミラちゃん次はこれを着てみましょう!!　きっと似合う！　絶対似合う！　かわいいの確定演出だわ!!」

「……うるさい」

次は甘々ロリータ服を持って来る咲奈。

ミラティアは着せ替え人形状態なのが不満なのか、むぅと頬を膨らませ姿を消した。

比喩表現ではなく、パッと咲奈の前から見えなくなってしまったのだ。

「あ、あれ!?　ミラちゃん!?」

《幻惑》で姿を隠したミラティアは、驚く咲奈の横を通り過ぎて駿の下までやってきた。

彼の袖を摑《つか》み後ろに隠れると、やっとその姿を現す。

「ミラちゃん！　怖くないわよ！　ほら、こっちおいで！」

「むり、いや、どっかいって」

「駿だってきっと喜んでくれるわ！」

多少は興味もあるし、何より駿が喜ぶというなら着たい。

しかし、咲奈《さな》の言いなりで着替えるのは、納得いかないミラティアだった。

「ほんと？　シュンはよろこぶ？　わたし、かわいい？」

ミラティアはちょんと駿の袖を摑み、上目遣いで首を傾《かし》げる。

駿は若干の照れくささがありながらも、彼女の頭を撫《な》で、褒めてやるのだった。

「お、おう。可愛《かわい》いと思うぞ」

「これは……手ごたえを感じる！　シュンは今ドキドキしている」

ミラティアはルビー色の瞳を輝かせると、駿の腕へと潜り込むように密着する。

彼女の甘やかな香りと、女の子らしい体の柔らかさを意識させられながらも、表情を変えまいと努める駿だったが、口元がもにょもにょ動くのを見て、それは簡単に見抜かれる。

「別にドキドキとかは……！」

「してる、よ？　シュンはドキドキしてる」

普段は無表情のミラティアのにへら、と笑う様子に駿は思わず口元が緩む。

「～～～～～ッ」

「わたしと同じ、だね？」

照れながらこくりと小首を傾げるミラティアには、駿もたじたじの様子だ。

そんな甘い雰囲気を壊すように、咲奈は二人の間に突撃した。

「ということで！　はい！　ミラちゃん！　これも着ましょ!!」

咲奈は甘々ロリータ服を持って、ミラティアに押し付ける。

ミラティアは駿との会話を邪魔されて苛立《いらだ》ちを覚えたようで。

「じゃましないで。着たいなら自分で勝手に着て？」

咲奈に鋭い視線を向けた後、プイと顔を逸《そ》らすのだった。

「ちょ、ミラちゃん!?」

「うるさい、だまって？」

ミラティアは駿の後ろに回り、咲奈から距離を取る。

「ごめんなさい、ごめんなさい。しつこかったわよね、嫌わないでえええ」

今にも泣きだしそうな様子で、大げさに喚《わめ》く咲奈。ミラティアは既に咲奈から興味を失ったようで、彼女の存在を意識の内から弾《はじ》き出していた。

「てか、お前自分の服買いに来たんだろ」

「そ、そうだったわね！　ミラちゃんがかわいすぎてつい忘れてたわ。でも、さすがにこれを普段着にはできそうにないわね」

咲奈はミラティアに着せる予定だった手に持った甘々ロリータ服を掲げる。

「でも、一回着てみたい気持ちもあるかも！　ふふ、私かわいいからなんでも似合っちゃうし？」

「まあ、ミラの後じゃ見劣りしそうだよな」

「なんでそんにゃこと言うのよ!!　否定しづらいし！」

「本気だよ」

「なぜに追い打ち!?　冗談だよ、じゃないの!?」

咲奈は駿の容赦ない物言いにむすっとしながらも、なんだかんだ楽しそうだ。

三人は店を後にして、今度こそ咲奈が普段使いするための服を見つけに行く。

店内は子供連れの家族や、学校帰りの高校生、デート中の大学生などで賑《にぎ》わっており、本土のショッピングモールとなんら変わらない光景が広がっていた。

「そういえば、お前金持ってんの？」

「ある程度は。あとは、鶺鴒《せきれい》さんが貸してくれたわ。あ、ちゃんと返すわよ！　とりあえずは私の体で」

「…………へえ」

「あ、ち、違うからね!?　そういう意味じゃないからね!?　シュヴァルベで働かせてもらうってだけだからね!?」

「別になんも言ってないだろ」

「そもそもあの人女に興味ないでしょ!!」

「だから、なんも言ってないって。騒がしいやつだな」

「そういう顔をしてましたー！　まったく、いやらしくて困っちゃうわ」

「それお前だろ……納得いかねえ」

その後、駿《しゅん》たちは、男女共に人気のある低価格なファッションブランド店を訪れた。

鶺鴒は気にしないだろうが、預かったお金で贅沢《ぜいたく》なことはできないし、という咲奈の意向だった。咲奈は店内を見て回り、価格を参考にしながら真剣に吟味している。

「ねえ、駿。こっちとこっち、どっちがいいかしら？」

咲奈はオーバーサイズのTシャツを持って尋ねる。

二着とも同じ形で右手は黒、左手は白だった。

「白だな」

「あら、ちゃんと答えてくれるのね。どうして？」

「黒なんか重苦しいし。見てて暑苦しい」

「たしかに……この島暑いものね。ありがと、白にするわ」

「そんなんで決めてよかったのか？」

「いいの。男の子に服を選んでもらえるのなんて初めてだから、ちょっと嬉《うれ》しかったりして」

「そういうもんか」

「な、なななんてね！　ドキッとした!?　言ってみたかっただけってやつよ！　ほら！　あんたすぐ騙《だま》されそうだから！　あんま！　こういうので！　すぐ女の子好きになっちゃダメよ！」

　咲奈は自分で言って恥ずかしくなったのか、駿から視線を逸らして黒のTシャツを売り場に戻す。「あーまったく勘違いしないでほしいわね！」なんてのたまう咲奈は耳まで真っ赤に染まっており、ぷるぷると震える肩も相まって、激しい羞恥心に襲われているであろうことは一目でわかった。

　咲奈はそのまま白のもう一着を大事そうに抱え、レジまで駆けて行った。

「恥ずかしいなら言わなきゃいいのに」

　こっちまで恥ずかしくなってくるじゃないか、と頬を掻《か》く駿。

　いつのまにか現れたミラティアが、そんな彼の袖を優しく引く。

「糖分ほきゅーしたい」

「あー、たしかに小腹減ったよな」

「ん、ぺこりんちょ」

「フードコートとかあったよな、咲奈の買い物終わったら何か食いに行くか」

「ちなみに糖分というのは、シュンがわたしを甘やかしてくれることでもおぎなえるものだったりする」

「………気が向いたらな」

「わかった、がんばって気を向かせる。ちなみに、わたしはいつでもシュンに糖分あげられる、よ？」

「お、おう……まあ、それに関しては十分お腹《なか》いっぱいだけどな」

「ふぇへへ」

照れた様子の駿を見て、ミラティアは満足そうに破顔した。

すると、会計を終えた咲奈が戻ってきて、駿を見て訝《いぶか》しげな視線を送った。

「待たせたわね、二人とも！って……どうしたの、駿。なんか顔キモいわよ」

「なんてことを。シュンは決してキモくない」

確かに今の俺キモい顔してるんだろうな、と何も言い返せず押し黙る駿の代わりに、ミラティアが反論するのだった。

次に三人はミラティアの要望通り、小腹を満たすためにフードコートを訪れた。

中華や、ハンバーガー、ラーメン屋など様々な飲食店が立ち並ぶ中、選ばれたのはクレープ屋さんだった。

クレープ屋さんを見かけたミラティアがとてとてと一直線に向かって列に並んだのだ。

「悪いな、咲奈。別のとこでなんか買ってくるか？」

「ううん、私もちょうど甘いもの食べたかったから」

「ならいいけど、変に遠慮するなよ」

「べっつに今更あんたに遠慮なんてしないわよ。なによ、急に」

咲奈は、あんたそんな私に気を遣うやつだっけ？　と駿の顔を覗《のぞ》き込む。

「なんでもねえ」

今日は少し無理をしてるように見えて、なんて言えるわけもなく駿は押し黙る。

感情の機微がわかるほど長い時間を過ごしたわけでもないし、この状況で勝手に深読みしてしまっただけ。気のせいというやつだろう。まさか咲奈を妹と重ねたわけではあるまいし自分らしくない、と駿は逃げるようにメニュー表に視線を落とす。

そうして、ミラティアとクレープを選んでいると、順番はすぐにやってきた。

「どうする？　ミラ」

「プリンのやつといちごのやつでわたしはとても迷っている」

「はいよ。じゃあ、五番と十六番一つずつで」

駿はミラティアが指した二つを店員さんに注文した。

それを見て、ぱあっとミラティアが顔を上げた。

「シュン、いいの？」

「ま、俺も半分貰《もら》うけどな」

「ん！　半分こする。シュンだいすき」

「はいはい。咲奈はどうする？」

「え、へ、私!?　私はえっと……チョコバナナ生クリームで」

「じゃあ、それも一つで」

「はい！　合計で二千六百円になります～」

駿は全員分の注文を終え、そのまま会計に移る。

原価を考えたら頭が痛くなるなあ、なんて思いつつもミラティアのうずうずとした顔を見てはその毒気も抜かれてしまった。

クレープは会計が終わって少ししたらもう出来上がっていて、駿は笑顔の店員さんから三人分のクレープを受け取った。三人は賑わうフードコートの端の席に腰掛ける。

「あ、りがと……私の分まで」

「どういたしまして」

駿の隣でミラティアは幸せそうにクレープを頬張っていた。

時々、あーん、なんて言って、駿にクレープを食べさせてあげて満足気な様子だ。

咲奈はというと、憂いを秘めた目でクレープをジッと見つめていた。まるでそれを食べ物だということを忘れているかのように、揺れる炎を見つめるようにジッと。

「どうした？　食わないのか？」

「あ、そ、そうね！　ちょっと疲れちゃってたのかしら、あははは……」

はっと今の状況を思い出したかのように顔を上げた咲奈《さな》は、初対面でもわかる空元気を浮かべて、クレープを口に含んだ。クレープを食べて、食べて、食べてみても、彼女から悲しげな様子は拭えなくて、咲奈は食べるのをやめた。

それで、甘ったるくて緩んでしまった口から、ぽろりと本音を漏らす。

「……………ちょっと、お姉ちゃんのことを思い出してた。昔、クレープを一緒に食べたことあったなあって」

半分くらい残ったクレープを見つめて、咲奈は懐かしそうに語る。

「ありがちなことなんだけどね、私がクレープを落としちゃって。それで泣いちゃって。そしてら、お姉ちゃんが自分の分を分けてくれたの。その時も、チョコバナナのクレープだったなあって」

別に特別な思い出ではないのだ。それでも、いや、だからこそ、ほんの小さな日常にも姉の那奈《なな》が居て、もしかしたら、彼女と一生会えなくなってしまうかもしれないなんて考えもしなかった。

「なんの根拠もなくお姉ちゃんはずっと私と一緒にいてくれるって思ってたの。お姉ちゃんのこと過剰すぎるくらいにシスコンだって引いたこともあったけど、なんだかんだ、私も姉離れできてないのかしらね」

毎朝咲奈のベッドにダイブして起こしに来た姉の那奈。

いくら咲奈が拒否しても一緒に登校しようとするし、別にいいって言ってるのに勉強教えたがるし、バレンタインでは等身大のチョコを作ろうとして失敗して部屋を汚されたりなんかもした。

「お姉ちゃんが島に行っちゃうときも少し寂しかった。私以上に寂しそうにしたお姉ちゃんがわんわん泣き出すから、そんなこと口が裂けても言えなかったけどね。なんだかんだ冷たくあしらっちゃうこともあったけど、もう少し優しくしてあげてもよかったかなあ、なんて今更ながら思ってみたり」

そこまで言って、場の空気が重苦しくなっていることに気付いた咲奈は困ったように笑った。そして、残ったクレープを慌てて口の中に押し込んだ。

「ご、ごめんなさい！　いきなり、しんみりとした話で」

「ま、気持ちはわかるよ。多分……多少なりとも、だから、咲奈を手伝ってるところもあるんだろうな」

妹を捜す自分と姉を捜す咲奈の状況を重ねてしまっている。

その気持ちが少しでもあることを駿は認めた。

「それって……駿にもきょうだいがいたり……？」

「妹がいるんだ。四年前からずっと捜してる」

セレクタークラスが襲撃に遭って、それから妹とは一度も会えていないどころか、生きている確証すら得られていない。生きていると信じて捜し続けるしかない。それに、セレクタークラスのやつらは凜音《りんね》のプレイヤースキルを重要視していたから、捕らわれているなら生きてはいるだろうと、希望的観測もありながら、そう思っている。

「四年も。そう、なのね……」

だから、今回のプレイヤースキル持ちが現れたという話を聞いて蜘蛛《くも》の糸に縋《すが》るような思いだった。すぐにでも消えてしまいそうなほどに不確かながら、やっと手がかりを摑《つか》んだと思った。セレクタークラスを運営していた組織が、プレイヤースキルに関わっていないはずがないのだ。

「だから、今回那奈を捜すのも、その手がかりになると思ってるからだ。咲奈への親切心とかは一切ない」

「それ、わざわざ言う必要ある？　私に恩売っておけばいいじゃないの」

「…………咲奈のことがどうしてもほっとけなくて協力することにしたんだ」

「今更遅いわよ!?」

咲奈の軽快なツッコミに、駿は小さく鼻で笑った。

「ねえ、駿。もしかして、妹さんと私って似て――」

「全く似てない」

咲奈が言い切る前に駿《しゅん》は力強く否定した。

「即答!?」

「凜音はかわいくて、勉強もできて、世話焼きで、しっかりしてて、料理もうまくて、兄への気遣いも忘れない完璧な妹だった」

「それすごく補正入ってない？　ていうか、私もかわいいし、勉強できるし、実は料理もできるし、なんだかんだ面倒見いいし、しっかり………してるわ！　やっぱり似てるんじゃない！」

「絶対に似てない。次、ふざけたこと言ったら、その触角引っこ抜くぞ」

「うわ、顔がガチだわ。ていうか、私のチャームポイントを触角とか言わないでくれる!?」

圧のある駿の声音に、咲奈は慌ててツインテールを守るように抱きしめた。

「でも、なんだか安心したわ。妹のために、ね」

「あ？」

「だって、あんた普段から何考えてるかよくわかんないし。うさんくさいし、いけ好かないし、ちょっと意地悪だし、ロリコンだし、悪知恵だけは働くし、人殺してそうだし――」

咲奈は指折り数えて、両手じゃ足りなくなってやっと口を閉じた。

「お前、黙って聞いてりゃぽんぽん悪口出てきやがるな」

「だから、ちょっとでもそういう話聞けてよかったかも。もしかして、私ちょっと信用されてる?」

「自惚《うぬぼ》れんな、アホ」

「ア！　ホ！　この天才美少女に向かってそんな物言いあんたくらいなんだからね！」

「はいはい」

「駿が前に言ってた、その他をほとんど犠牲にしても助けたいのって妹さんのことよね」

「ああ、そうだな。誰を裏切って悲しませて犠牲にしたとしても、俺は凜音を助けるよ」

力強く首肯しながらも、駿はちょっとだけ嘘《うそ》をついた。

もし、そんな状況になっても、裏切りたくない一人ができてしまっていたから。

「そうなのね。そういうの、私はカッコいいって思っちゃう。よし、私もそうすることにする！　お姉ちゃんを助けるために最善を尽くす」

咲奈はそんな彼を見て、吹っ切れたように誓いを立てる。

黒いモヤモヤを晴らして、心に一振りの旗を突き刺した。

「なんだ、今までそうじゃなかったみたいな言い方だな」

「別にそういうわけじゃないのよ。でも、決めた。あんたに嫌われて、迷惑もかけて、それよりもっと酷《ひど》いことをしたとしても、私はお姉ちゃんを助けることを優先するわ」

「ま、好きにしたらいいんじゃねえの」

「だから、何かあったら私を恨んでね」

「その時にお前を恨むのは多分俺じゃねえけどな」

咲奈の憂いの混じった瞳を、駿は適当に流す。

横でミラティアはルビーの瞳を妖しく揺らして、ジッと咲奈を見つめていた。

Lライフとしての威圧感を感じさせる不気味な佇《たたず》まいを持って咲奈を視界に収める。

「そうだ、これやるよ。お守りだ」

そう言って、駿は懐からあるものを取り出して咲奈へ放った。

「え、ちょ……これ……いいの？　私が持ってても意味ないと思うけど」

それは、一枚のライフカードだった。

【鉄閃竜《てつせん》】イルセイバー】

レディア商店街で駿が引いた、レア度SSRのネームドライフのカードである。

咲奈が妙に気に入った様子でそれを見ていたのを、駿は覚えていた。

「いいよ、お前のものだ。俺が持ってても意味ないしな、それ」

「そ、そう。ありがと。けっこう嬉《うれ》しい」

咲奈は立てた誓いと共にカードを胸に抱き、微笑を湛《たた》えたのだった。

◇

不思議な人だった。

いや、そもそも人かどうかすらもわからない。あやふやな輪郭。存在そのものにモザイクがかかったように不鮮明で、その声音は男性のようにも女性のようにも思えた。

「これをあげる」

差し出されたのは赤いリボンできれいに包装された真っ白の箱。

咲奈はそれを恐る恐る両手で受け取った。

「開けてみてよ」

言われるままにリボンを解き、蓋を取る。その中を覗《のぞ》き込むと――。

「？　空っぽだわ……」

そこには何も入っていなかった。

「そうだね、これは形だけの儀式のようなものだ。中身は既に咲奈の中にあるよ」

それは咲奈の胸の辺りを指さして、ふと微笑《ほほえ》んだ。そんな気がした。

「私の中……？」

「そう。これは理不尽に抗《あらが》う力だ。理不尽を押し付ける力だ。不可能を可能にする無限の可能性を秘めた力。咲奈がなんのためにこの力を使ってもいいんだ。ただ、羨ましそうにしてたから――あげるよ」

「あなた誰……？　なんなのこれ、ただの夢……じゃないの？」

「んー、細かく教えてあげてもいいけど、君はどうせ忘れるからなあ」

「全然意味がわからないわ。せめて名前だけでも……！」

「そうだなあ、もし次会うことがあればその時にでも――……」

ただでさえあやふやだったその体は景色に馴染《なじ》み薄くなっていく。声すらも遠く、存在はもっと遠く、咲奈の意識も離れて遠く――。

「待って!!」

薄れた意識が滲《にじ》み出す。

「……って、あれ？　夢？」

ぼやけた視界が浮上するように鮮明になる。辺りを見回す。白い布団の上。鶺鴒《せきれい》の家の客間。色藤島《しきとうじま》。遠くから鳥の鳴き声が聞こえる。

「私なんの夢を見てたんだっけ……？」

咲奈は無意識に胸の辺りに手を置いてそう呟《つぶや》いた。

◇

一日の休養を挟み、那奈《なな》の捜索は再開された。

駿、ミラティア、咲奈《さな》の三人は電車に乗り、再び高莱区《こうかく》を訪れていた。

ギラギラと降りかかる陽光に、揺れる遠くのアスファルト。

突き立つ高層ビルの間を縫って、駿は迷いなくある場所へ向かっていた。

「ねえ、そろそろどこへ向かってるか教えてくれてもいいんじゃないの？　なんか、人通り少なくなってきてるんだけど……大丈夫なとこよね？」

駿は入り組んだ街の中を奥へ奥へと進む。

道は狭く、段々と落ちる影は濃く、空気は冷ややかなものへとなっていく。

「絶対に何かしらの情報を持ってる最終手段、クソ女のとこだ」

「え、いいの？　あんたあんなに嫌がっていたのに」

何が駿を心変わりさせたのか、と咲奈は驚いた顔を浮かべる。

ミラティアも駿を心配して同じように顔を覗き込んだ。

「それ以上に有効な手段はないし、このままじゃどうせ行き詰まるだろうからな。多少無茶を吹っ掛けられても、あいつを頼るしかないんだ。それに……」

咲奈がどれだけ姉のことを大切に思っているか、それがわかったから。話を聞けば聞くほど自分の境遇に重ねてしまうし、咲奈が悪いやつじゃないということは十分理解できた。

ただ、咲奈が妹に似ているなんてことは決してない。全くない。

「それに？」

「あいつに会って一番嫌な思いしそうなのは咲奈だしいっかと思って」

「よくないわよ!?　いや……お姉ちゃんの手がかりが得られるなら我慢するけど……」

駿はあいつの性格をよく知っているからわかる。

咲奈なんて彼女のおもちゃにされそうな最たる例ではないか。

「まあ、半分は嘘だ。多分俺も嫌な思いするし、最悪えげつない足枷《あしかせ》を付けられるかもしれねえ」

「どっちにしろろくなやつじゃないじゃないの……本当に大丈夫？」

「あんま大丈夫じゃないから行きたくもなかったんだよ。でも、仕方ねえだろ」

問題は駿ですら彼女を出し抜ける自信はないということだ。

知識量も頭脳も卓絶しており、性根は腐りきっている。

「安心して。わたしがまもる。わたしはシュンの恋人なので」

ミラティアは両拳を握ってふんす、と気合を入れた。

咲奈はツインテールを揺らし、笑顔で横からミラティアの顔を覗き込む。

「ミラちゃん、私！　私は!!」

「あなたのことはしらない」

「にゃんでっ!?　ミラちゃんそろそろ私にも優しくしてよぉおお」

歩を進めるたびに、熱が剝ぎ取られているような気がする。

不自然に人が寄り付かず、ひっそりとした通り。その奥にひっそりと身を隠すように、真夏でも唯一冷えた物のようにその扉はあった。

「ついたな」

「ねえ、駿？　すごく嫌な感じがしない？　こう、特に何がとは言えないんだけど……」

「あいつがそうしてるんだろうよ。ほら、行くぞ」

灰色の簡素な扉。扉というより板と呼んだ方が適切なそれは、簡素過ぎるが故、逆に目立っていた。駿は扉に触れ、ぐっと押し込んで中へ入る。

吐き出される冷気と共に、歌うような声音が駿たちを迎える。

「やあやあ、駿。待ちわびていたよ。待ちくたびれてドロドロに溶けてしまいそうだったよ。干物になってしまいそうだったよ。君が中々会いに来てくれないものだから、寂しくて寂しくてボクはもう……寂しかったんだから」

少女は王座を思わせるような豪奢《ごうしゃ》な椅子に腰を掛け、妖しく笑う。

扉から彼女まで一直線に通路が開いており、その横には敷き詰められたようにショーケースが鎮座していた。その中にはスペル&ライフズ専門のカードショップである。

ここは色藤島で数少ないスペル&ライフズのカードが並べられている。その中でも彼女の店は島で一番の規模を誇っており、曰《いわ》くここは選ばれし者のみがたどり着ける場所とのことらしい。

肩まで伸びた全てが抜け落ちたかのような白髪。その肌も髪色に負けず劣らず幽霊のように薄く、血色の瞳だけが爛々《らんらん》と輝いていた。喪服を思わせるような漆黒のドレスは彼女が纏《まと》うと死神のようで、美人であることは間違いないのだが、それよりも先に妖しいと思わせるビスクドールのような魅力を彼女は持っていた。

「俺としてはできれば会いたくなかったんだけどな」

「ふむ、照れ隠しというやつだね」

「これに関してはガチだ。お前と関わってもろくなことがねえんだから」

「つれないことを言わないでくれよ。ボクと君の仲だろう？　悲しいな、泣いてしまいそうだな」

「はっ、そのにやけ面で言われてもな」

彼女の名前は朝凪夜帳《あさなぎとばり》。高菓区でカードショップを経営しており、色藤島随一の情報屋としても名高い咲奈と同い年の少女だ。

得体のしれないやつだがその実力は本物で、駿《しゅん》も嫌いだと言いつつ敵に回したくはないと考えていた。距離が近すぎても怖いので、下手に関わらないというのが最適解なのだが、どうにも駿は夜帳に気に入られてしまっているらしい。

「恋人ちゃんも久しぶりだね。元気にしてたかい？」

「…………」

夜帳の呼びかけに、ミラティアは聞こえてないと無言を貫き通す。

「ふふ、君は相変わらずボクたちには欠片《かけら》の興味もないらしい」

脚を組みなおした夜帳は、懐かしむように目を伏せた。

「で、そちらのお嬢さんは？」

「初めまして。萌葱《もえぎ》咲奈よ」

「萌葱咲奈…………？　ボクは……君を知らないな」

「初めましてだもの。そりゃ知らないと思うけど」

何を言っているんだ？　と咲奈は首を傾《かし》げる。

夜帳はそんな咲奈を興味深そうに注視していた。彼女のヘビのような視線に、咲奈は居心地悪そうに身を震わせる。両頬を叩《たた》いて気合を入れなおして口を開いた。

「わ、私！　あなたに教えてもらいたいことがあってここまで来たの。優秀な情報屋さんだって聞いて」

「ん？　駿がボクをすごい情報屋と言ったのかい？　その話を詳しく」

「おい、いちいち話を脱線させようとするな」

「仕方ないじゃないか。ボクは友人が少ないんだ。普段会話を楽しむことなどないからね。これでも今日はとても嬉《うれ》しくてはしゃいでいるのだよ」

「そうか、じゃあその数少ない友人とやらによろしく言っといてくれ」

「本当に君はつれないね」

夜帳はやれやれと肩をすくめる。

このやり取りすらも楽しいようで、夜帳はいつになく上機嫌だ。

「情報屋としての夜帳に用があって来た。聞きたいことがある」

「そうだね、君がボクに会いに来るのはそういう時だ。そちらのお嬢さんのためかい？　少し変わったね、駿」

「お前は相変わらずだな」

「ふふ、そうかい？　自分としてはいろいろ心境の変化があったつもりなのだけどね。ただ、変わってないと言われるのは案外悪い気持ちではない」

友達と呼ぶには殺伐としていて、敵と呼ぶには親しげな独特の信頼が二人の間にはあった。

そんな中、咲奈は強い意志を持って切り込んでいく。

「今は手持ちがあまりないけれど、お金は言い値で払うわ。だから、お願い。どうしても教えてほしいことがあるの」

「ほう。でも、それには及ばないかな。お金なんて無くなったら稼げばいいだけだ。ボクはそれに価値を感じない」

「じゃあ、どうすれば……」

「ボクと君たちとで簡単なゲームをしよう。君たちが勝てばなんでも質問に答えてあげる」

夜帳は声高に、大仰な身振り手振りでそう答える。

演技めいたくさいポーズも彼女がするとどうにも様になっているから不思議だ。

「ちっ……また面倒なことを。遊びに来たんじゃねえんだぞ」

「いやだな、駿。情報だけ貰《もら》ってそれで用済みだなんて悲しいじゃないか。ボクは都合のいい女の子なのかい？　ちょっとくらい付き合ってくれよ。一緒にセレクタークラスを過ごした仲だろう？」

「それ今日じゃなきゃダメなのか」

「ああ、ダメだね。ボクは我慢するのが嫌いなんだ。君がなかなか会いに来てくれないからいけないんだよ。すごく溜《た》まってるんだ。相手をしておくれ、駿」

頬を紅潮させ、舌なめずりをする彼女の姿は、不気味以外のなんとも言い表しようのないものだった。夜帳は駿を見てくつくつと笑う。彼女からすれば、駿からどんな反応が返ってこようと愉快に思えるのだろう。

「ええ、やるわ。勝てばいいんでしょ。それで、お姉ちゃんが見つかるなら願ったりかなったりの条件じゃない」

「おい、咲奈」

「駿がやらないなら、私だけでもやるわ。キリングバイトに比べたらどうってことない」

「はあ……わかったよ。ミラもいいか？」

「ん、それがシュンの望みなら」

「じゃあ決まりだ。君たちにはボクと一人ずつ簡単なゲームをしてもらう。勝った方は負けた方になんでも一つ質問ができることにしよう。ボクが負けたらなんでも正直に答えると約束するよ。嘘《うそ》はつかないから安心してくれたまえ」

夜帳が指を鳴らすと、彼女が座っていた椅子の正面に、もう一脚同じものが現れた。

「さあ、おいで」

夜帳は続けて一枚のカードを取り出し、発動する。

弾《はじ》けるは虹色の粒子。並みのカードとは一線を画す神秘の輝き。

眩《まばゆ》い光が溢《あふ》れ、渦を巻いて飛び交い、舞い、やがて収束してそれは質量を伴った。

「もしかして……これってLのライフカード!?」

虹色の光は人型を形成し、光は喰《く》われるようにやがて収まる。

咲奈の驚愕《きようがく》を肯定するように、夜帳はニヤリと口角を吊《つ》り上げる。

「【[審判] ザフール】だ」

スペル&ライフズにはシリーズという枠組みが存在する。

咲奈《さな》が駿からお守りとして貰ったイルセイバーの五大竜や、ＳＳＲネームドライフで統一された黄道十二宮、そして、タロットカードの大アルカナになぞらえて作られ、その全てがＬの精霊種ライフで構成されたシリーズ――運命。

その運命シリーズの二十番――【［審判］ザフール】。

顕現したスペル＆ライフズにおけるトップレアの精霊種ライフはこの世ならざる異質な魅力を放っていた。純白の羽衣を纏い床に触れるかと思われるほどに白髪を伸ばした少女。最も特徴的なのは、まるで封をするかのように巻かれている両目を隠す漆黒の包帯だろう。背には天使の輪か翼のように巨大な天秤《てんびん》が浮遊していた。

今日までこの島で見てきたカードのどれとも違った圧倒的なプレッシャーに、咲奈は思わずごくりと喉を鳴らす。

「運命シリーズ……持ってやがったのか」

これには駿も驚いたようで、握りこんだ手には僅かに冷や汗が滲《にじ》んでいた。

「今回はザフールのスキルの副次的な効果を使ってゲームをしよう。この天秤は、あらゆるものの重さを比べることができる。そう、例えば感情なんかもね」

夜帳はザフールの天秤をなぞり、不敵に笑った。

「ルールはこうだ。この天秤にはランダムに一つの感情をインプットしておく。ボクと君たちとで会話をして、その中でインプットした感情と同じものが吐き出されればその分の重さが加算されていく。天秤が全て振れた方のプレイヤーが勝ちだ。例えば……」

ザフールの天秤に、怒りの感情を登録する。夜帳は駿の目の前に立つと、雰囲気を一変。彼と鼻先が触れそうな距離、ナイフのような鋭い瞳を持って口を開く。

「君はいつもボクをないがしろにしてくれるね。腹立たしいという気持ちはボクにもあるんだ。これ以上機嫌を損ねたら、どうなってもしらないよ」

脳が凍るような、銀氷の声音だった。

それをもって、ザフールの天秤が夜帳側にギギと音を立てて若干傾いた。

「すごい、動いたわ！　でも、ほんのちょっとね」

「まあ、実際そんなに怒ってもいないからね。こんな程度かな」

「感情の重さって曖昧過ぎてよくわかんねえなあ」

「その曖昧なよくわからないものを測るのがザフールの力だ。安心していい、少なくともボクの主観で決まっているわけではないし、この裁定にボクは干渉できない」

夜帳はたったとご機嫌なステップを刻んで、椅子に腰を掛け、脚を組む。

「さて、最初の相手は誰がしてくれるんだい？」

その問いかけに対して、ミラティアがぴょこりと手を上げた。

「わたしがする」

◇

天秤を持つザフールを挟んで向かい合って鎮座する二脚の椅子。

それぞれに腰掛けるミラティアと夜帳の視線が交差し、第一ゲームが始まろうとしていた。

「ミラちゃん頼んだわよ！」

「任せたぞ」

駿の声援に、ミラティアは気合十分と両拳を握って応えた。

「さっそく始めようか」

夜帳が合図を送ると、ザフールの天秤が黒い靄《もや》に覆われる。その靄が天秤の周りに渦を作り、やがて収束するとそこには一つの感情が登録された。もちろん、二人はそれがどんな感情で、何に対して反応を示すものかをわかってはいない。

「よくわからないけど、あなたとしゃべればいいの？」

「そうだね。その中で、己の感情を模索していく。でも、感情なんて曖昧なものだ。たとえ天秤が揺れようと、今自分が発した言葉に宿った想《おも》いがどんなものかなんて案外わからないものだ。その点では、君みたいな素直な子の方がこのゲームは向いているかもしれないね」

「そう。やっぱりよくわからない」

ミラティアの様子は普段と変わらない。後ろで見守る咲奈の方が緊張しているくらいで、そわそわと天秤とミラティアとを交互に見やるが、未《いま》だザフールの天秤は水平を保っていた。

「喜怒哀楽なんて言うけど、喜ぶと楽しむの違いとはなんだろうね。どうして似たような感情が二つも入っているのか君は疑問に思ったことがあるかい？」

「ない」

「一般的には生きていたら辛《つら》いことの方が多いと思うけれど、不思議だね」

「わたしはいつも楽しい、よ？　シュンがとなりにいてくれるから」

ギギギギと、天秤がミラティアの方へ動く。

咲奈は後ろで小さくガッツポーズをする。駿《しゅん》は興味深そうに勝負の行方を見守っていた。

天秤がミラティア側に傾いたということは、設定したなんらかの感情と同じ感情が質量を伴って加算されたということだ。

それは喜びか、怒りか、哀《かな》しみか、はたまたそれのどれとも違った別の感情か。

「羨ましい限りだね。ボクも彼が隣にいてくれたらそう思えるのかな。どうだろう、少し面倒くさそうだという気持ちもあるけれど、それは彼の方も同じかな」

「いてみたら？」

「それは楽しそうだ。でも、君は嫉妬してしまわないのかい？」

夜帳《とばり》もワードを選び、気持ちを乗せながら言葉を発す。

だが、天秤はミラティアに傾いたまま動かない。

「どうして？」

「愛する人の気持ちを、その人そのものを独り占めしたい。全て自分のものにしたいと思うのは一般的なことだ。君は違うのかい？」

「それって重要なこと？」

ミラティアはこくりと首を傾《かし》げた。

「わたしはシュンの恋人で、シュンのものだよ？　それ以外になにがいるの？」

「それ以上を望むのは人として当たり前の欲求だ」

「わたしはシュン以外の人はどうでもいい。いてもいなくても一緒。大事なのはどう思われてるかより、わたしがどう思っているかだよ。わたし自身がシュンをだいすきでいること。それがわたしの恋人としてのあり方だから」

それは狂気的で、しかし、一番純粋で真っすぐで綺麗《きれい》な想いかもしれない。

ミラティアは何も疑うことなく、一切ブレることなく、それが自分の正しい在り方だと心得ていた。

瞬間――ザフールの天秤が激しい金属音を鳴らしてミラティアの方へ大きく傾いた。

空の方の天秤を吊《つ》る鎖がしなり、器が躍る。

ミラティアのたった一言。一瞬にして勝負が決まった。

「なるほど、それが今回のテーマだったか。ボクは君が少し羨ましいよ、ミラティア」

愛情――それが天秤に刻まれた感情の正体であった。ミラティアの駿に対するそれは、言うに及ばず、重さの籠った疑いようのない気持ちだったのだ。

勝負が終わると、ミラティアはすぐに駿へ駆け寄って勢いそのまま抱き着いた。

「わたし勝った。えらい？　ほめて？」

「ああ、さすがだ。ミラ。これでとりあえず余裕が出たな」

駿はわしゃわしゃとミラティアの頭を撫《な》でる。

ミラティアは幸せそうに頬を緩め、駿の胸板に頬擦りするのだった。

◇

「次は私がいくわ！」

二戦目。こわばった面持ちで夜帳の正面へ向かうのは咲奈だった。

豪奢《ごうしゃ》な椅子に腰掛け向かい合う二人。夜帳のねっとりとした視線に、咲奈はヘビに睨《にら》まれたカエルのように身を竦《すく》めていた。

先と同じようにザフールの天秤には感情が刻まれる。

この瞬間から、二人のゲームは始まっていた。

「ねえ、夜帳さん。このゲームについて一つ思ったことがあるわ」

「というと？」

「これって結局たくさん喋《しゃべ》った方が有利なんじゃないの？　お題を確信した後なんて特に」

「そう思うならば試してみるといい。ただ、言葉を重ねることに意味はないよ。重要なのはどれだけ中身が伴っていて、実感があって、感情が乗っているかだ」

「中身が伴う……そうなのね」

「次はボクから質問だ。君はなんのためにボクを訪ねてきたんだい？」

「二週間くらい前から連絡の取れなくなったお姉ちゃんを捜すためよ。駿も手伝ってくれて捜したけど、なかなか手がかりが摑《つか》めなくてここへ来たの」

「君にとってお姉ちゃんは大切な人なんだね」

「ええ、だからこの勝負も絶対に勝つわ」

天秤はここまで音を立てず静観を保っていた。

「ボクはこのゲームを楽しめれば負けてもいい。失うものがないと楽だね。お姉ちゃんのために単身この島に乗り込むなんて健気《けなげ》じゃないか」

ギギ。ここで天秤《てんびん》が僅かに夜帳側へと傾いた。

「……っ!?」

今、なんらかの感情が検知され、質量として加算された。

負けてもいい――それは諦めか、挑発だろうか？　彼女はこの状況を楽しんでいるだろうから、その感情が抽出された？

健気じゃないか――それには尊ぶ気持ちが含まれているだろうか。

咲奈《さな》は思考を巡らせる。今の一言から漏れる感情の残滓《ざんし》を探す。

傾いたのは本当に少しだけだ。可能性を絞るのは困難で、いや、しかし今までの会話では天秤が傾かなかったということは、いくつか除外できる感情もあるわけで……。

「思考するのもいいけれど、放ったボールはちゃんと投げ返してくれないと。ボクが独り言を言う痛い子になっちゃうじゃないか」

「そ、そうね、ごめんなさい。あれ？　そういえば、この島の人間じゃないって私言ったかしら？」

「口にしたかどうかという話なら、言ってはいないね。でもそれくらいは見ていればわかるよ。ボクは色藤島《しきとうじま》で一番の情報屋だからね」

「へえ。それはこの後聞き出す情報にも期待できそうね」

ギギギ。ここで咲奈側の皿に重さが伴い、天秤が釣り合い……若干咲奈の方へ傾いた。

緊張感が走る。咲奈は口を引き結び、夜帳の顔を覗《のぞ》き見た。

天秤が動きを見せるのは二回目だ。もう彼女はテーマに気付いただろうか。

己の思考を分析する。これは期待から来た言葉で間違いないだろうか。納得？　納得とは感情に直したらなんと呼ぶものだろう。今自分は軽口を叩《たた》いた？　それはどういう時に発される言葉だったろうか。

「いい表情だね。案外自分が何を考えているかなんてわからないものだろう？　こんががってきたはずだ。君みたいな子は特に」

「へえ、私はどういう子だと思われているのかしら。今まで天才美少女だとしか思ってこなかったから興味深いわ」

ほんの少しだけ咲奈の天秤に感情が乗る。

「臆病で素直で自分に自信がない」

「臆病ならこんなところに来てないし、自信しかないわよ。とりあえず、あなたの性格が悪いことはわかったわ」

また、ほんの少し咲奈側に天秤が傾いた。

「ボクのような素直で清廉な女性に向かって性格が悪いなんて酷《ひど》いじゃないか。これだけ天秤が振れているのに今回のテーマに気づかないのが、君が自信のない証拠だとは思わないかい？」

「あんたはもう気づいてるってこと?」

「質問に質問で返すのはよくないよ。自分の発した言葉の意図を理解できないのは主体性がないからだ。多くの感情が混在してしまうのは自分の中に絶対の芯がないからだ」

「そ、それは……そうかもしれないけど。それの何がいけないのかしら。そんなのこれっぽっちも大事じゃない」

「ああ、そうだとも。ボクは一言も悪いとは言っていない。それでもその発想が出る辺り、君は自分のその性質《たち》を恥だと思っているのかな?」

「………あんた、友達いないでしょ」

「それは最初にボク自身が口にしただろう? ボクは友達が少ないんだって」

焦り。額に汗が滲《にじ》む。未だに答えが浮かばない。

嫌悪、違う。恐怖、なくはない。好奇心、恐らく違う。虚栄心、あるかもしれない。おそらくだが、少なくとも正の感情ではないことは確かだと咲奈は仮説を立てる。

「とにかく、私は天才で、かわいくて、これでも勉強もできるし、運動神経だって悪くないし、才能に溢《あふ》れてるのよ!」

ギギギ。天秤が咲奈側へ動く。

咲奈の表情に明かりが灯《とも》る。「虚栄心」これが今回のテーマだと結論付け、咲奈は心の中で小さくガッツポーズをした。

「ずいぶん私の方に傾いてきたわね。偉そうな口叩いてるけど、このままじゃあんたの負けよ！」

「くっく、君は素直で可愛《かわい》いね」

「なに？ 負け惜しみ？」

「ちなみに、今回のテーマは見栄《みえ》……虚栄心ではないかな」

「なっ……にを言ってるのかしら」

心の内を言い当てられて、咲奈はわかりやすく狼狽《ろうばい》した。

冷や汗。乾いた口の中に唾液が滲む。

「そろそろ終わりにしようか。君は姉を捜してここまで来たと言ったね。本当にそうかな？ 今も本気でただそれだけのために全力を尽くしているかい？ 苦しんでいるのは嘘《うそ》ではないだろう。ただ、苦しい自分に酔いしれて満足してはいないかい？ 何を犠牲にしてでも必ず姉を救いたいと君は強く思っているかい？ 己が取れる手段を百パーセント取ったという自負があるかい？ ボクはそれを疑わしい、疑わしく思うよ」

ガタンッ――ザフールの天秤が夜帳側に大きく傾いた。

「わ……な……っ」

一瞬で決着がついた。

口を開いて、でも言葉が続かなくて、咲奈は拳を握りこみ歯を食いしばる。

「疑う心……猜疑心《さいぎしん》と言ったところかな。それが今回の答えだ」

前述した通り感情とは曖昧なものである。設定されたテーマも文字として受け取れる形をしているわけではない。その色とニュアンスを見て夜帳《とばり》が一番近しいと思われる言葉を口にした。それが猜疑心。

「疑う……それじゃ、私はなんで……」

――へえ。それはこの後聞き出す情報にも期待できそうね。

初めに咲奈が天秤を動かした言葉。

これは、夜帳に対しての信用のなさが猜疑心として加算された。

――へえ、私はどういう子だと思われているのかしら。今まで天才美少女としか思ってこなかったら興味深いわ。

――臆病ならこんなところに来てないし、自信しかないわよ。とりあえず、あなたの性格が悪いことはわかったわ。

――とにかく、私は天才で、かわいくて、これでも勉強もできるし、運動神経だって悪くないし、才能に溢れてるのよ！

では、これらはどうだろう。咲奈は何に対して疑いを持っていたのか。

その答えに思い至った咲奈は、恥じるように唇を噛《か》みしめた。

夜帳はそんな彼女の感情を理解して、敢《あ》えて目の前に突きつける。

「君は自分自身のことをこれっぽっちも信用していなかったということさ。自信がない。己の力に根拠もない。心の底から自己を肯定することができていない。薄っぺらい覚悟。上っ面だけの虚栄心。君は弱くて可愛いね、萌葱《もえぎ》咲奈」

「う……うるっさいわね！　なんであんたにそんなこと言われなきゃいけないのよ！　私は……私はがんばって……そんな責め立てられるようなことしてない」

「それは申し訳ない。責めているつもりはないよ。これはボク個人の意見に過ぎない。ただ、ザフールの天秤が動いたという事実に変わりはないけどね」

ザフールに暴かれたと言ってもいい。

咲奈の深層心理。心の底の本音が抜き出されてその価値を測られてしまった。だから言い返すことができない。絶対の審判者によって為《な》された裁定を見て、引き摺《ず》り出された自分のものを見て、そんなことはあり得ないと強く否定できる己は残っていなかった。

悔しさなのか、恥ずかしさなのか、辛《つら》さなのか、自分への情けなさなのか、今心中に渦巻くこの気持ちすらも咲奈はうまく言葉にできない。夜帳を糾弾しようと立ち上がって、でも否定できることなんて一つもなくて、俯《うつむ》いて立ち尽くしてしまう。

すると、頭に軽い衝撃が走った。不快感はなく、温かみのあるものだった。

視線を上げて、それが駿《しゅん》の手のひらであることがわかる。

「な、なによ」

咲奈はちょちょぎれそうになる涙を腕で拭って、キッと駿を睨《にら》む。

「あんま気にすんな。お前はよく頑張ってるよ」

「べ、別に気にしてなんて……」

「あいつは意地が悪いから、わざとお前の心に刺さるような言葉選びをしてたけどさ、あんなの性格の問題だ」

迷いがないことは必ずしもいいことだとは限らない。

頑固で、横暴で、自分勝手で柔軟性がないとも言い換えられるのだから。

「そんなの……でも……私は何も言い返せなかった」

「あー、えと、あれだよ、俺はお前にいいところがたくさんあるのを知ってる……だから、本当に気にしなくていい」

妙にたどたどしい駿を見て、咲奈は目を丸く見開いた。

そして、次の瞬間には思わず吹き出してしまった。

「ぷ……なにそれ。慰めるならもっとスマートにしなさいよ」

いつもは横暴なくせに、彼はこういうところばかり不器用だ。

「ねえ、いいところって具体的にはどんなとこ？」

自分に目を合わせようとしない駿を見て、咲奈は気分を良くしたのか、そう問い詰めた。

「それは……まあ、いつか気が向いた時に言うよ」

「え、ない!?　もしかしてほんとはないの!?」

「うっせえ、知らん。もういいだろ。負け犬は下がってろ」

「ま、け、い、ぬ！　酷いわね!?　酷いけど……いつもの調子の駿を見ると安心するわ」

「お前将来絶妙にダメな男にひっかかりそうだよなあ」

いつもの調子を取り戻した咲奈に、駿も同じように安堵感《あんどかん》を覚えた。

咲奈の前へ出て、急《せ》かすように舌なめずりをする夜帳に向き合う。用意された椅子に深く腰掛け、足を組んで見下ろすように顎を浮かせた。

「さて、夜帳。お望み通り相手してやるよ。第三ゲームを始めようぜ」

◇

「やあやあ、駿。なんだかゾクゾクするね」

待ってました、と夜帳は頬を紅潮させて身悶《みもだ》えする。

「勝手にしてろ。あんま咲奈のことを虐《いじ》めてやるなよ。俺には何言ってもいいけどさ、お前の性格の悪さには慣れてるし。ま、俺もあんま人のこと言えねえか」

「ふむ、それは一種の独占欲というやつだろうか。俺以外のやつに色目を使うなと言いたいんだね。なるほど、なるほど。君がそれほどボクのことを想《おも》っていたなんて知らなかったよ」

「はあ……お前が納得するならそれでもいいよ」

「お、おお……なんだい、肯定されたらされたで照れくさいね。てれてれ、てれてれてれ？」

一瞬固まり、視線を泳がせる夜帳。その後、両手を頬に当ててわざとらしく変な擬音を呟《つぶや》いてみたりなんかして、上目遣いで駿のことを見つめる。

中身をくり抜いてしまえば、彼女は紛れもなく美少女だ。喋《しゃべ》らず動かなければ美少女。中に適当な人工知能でも入れたらすごく可愛い。この状況も傍《はた》から見れば微笑《ほほえ》ましく、胸のときめく一幕なのだが、どうにも駿の体は拒否反応を起こしているようで、背筋がぞわりとした。

「どこで成長の仕方を間違えたんだろうなあ、お前は」

天秤に三度黒い靄《もや》がかかる。

ランダム抽出された感情が登録され、第三ゲームが始まろうとしていた。

「三回とも同じことをしていたら飽きてしまうだろう？　次は少し趣向を変えようか」

夜帳が指を鳴らすと、天秤に登録されたテーマがその形を変える。今回弾《はじ》き出されたテーマは二つ。それは駿のものと夜帳のものでそれぞれ違うテーマだった。

それぞれの器に黒い靄が収束し、その内の一つの感情が駿の中に流れ込んでくる。

二人は実感として、その感情を理解した。

「これは……」

「今君が実感したそれがボクのテーマだ。そして、ボクは君のテーマを知っている。今回はその状態で勝負しようじゃないか。ただし、次は天秤《てんびん》が振れた方のプレイヤーが負けだ」

互いに自分のテーマは知らず、相手のテーマは理解している。

相手がどの感情を表に出せば、天秤が傾いてしまうかを理解した。

つまり、これは今実感したこの感情を相手にどれだけ抱かせるかの勝負となる。

「なるほど。オーケー、それでいい」

感情の登録が済んだ瞬間からゲームは始まっている。

駿が理解したテーマは『焦り、焦燥感』だ。

よって、それに近い感情を夜帳に抱かせる必要がある。悪くない。どちらかといえば達成しやすいテーマだ。第一戦の愛情のようなテーマだったら非常にやりづらかった。

「初めに言っておこう。君のテーマは『後悔』だ」

「あそ。話半分に聞いといてやるよ」

「およ？　信じてくれないのかい？　せっかく教えてあげたのに」

「信じてる信じてる。お前の性格の悪さをな」

彼女の発言は嘘か、本当か。

一度リスク覚悟で『後悔』してみるのが手っ取り早い。

だが、『後悔』を言葉にしてもそれはまた別の感情を孕《はら》んだものとして捉えられてしまう可能性がある。その基準がわからない。これがこのゲームの難しいところで、結局自分の感情の全てを完璧にコントロールすることなど不可能なのだ。

「ちなみにお前のテーマは『悲哀』だぜ」

「嘘だね」

夜帳は逡巡《しゅんじゅん》する素振りもなくそう言い切った。

「どうだろうな」

「さっきの二人と違うのは、ボクと君とは昔からの知り合いだという点だ。君が嘘をつく時の癖ぐらい知っているとも」

と言うのは口から出まかせで、嘘だと鎌をかけた後の駿の反応を見て確信した。

決して駿のポーカーフェイスが未熟だったわけではない。それだけ彼女の観察力が長《た》けていたのだ。それは駿も身をもって理解していたから、一連の流れを悟って苦い顔を浮かべる。

「懐かしいね。セレクタークラスではよく一緒にゲームをした。オセロとか、チェスとか将棋とか」

「そうだな、お前がしつこくちょっかい掛けてくるから相手してやったな」

「そうだったかな。将棋でまったく勝てなくて、俺が勝つまでやる！　とか言って夜通し付き合わされた記憶があるのだけど。あれれ？　ボクの勘違いだったかな」

「……記憶にねえな」

「桐谷《きりや》凜音《りんね》も呆《あき》れていたね。結局君はボクに一度も勝てなかった」

「全部お前の得意分野で勝負させられてたからな」

「ほう、じゃあ今度はトランプで勝負するかい？　あ、先日面白いボードゲームを仕入れたのだけど、相手をしてくれる人がいなくてね。どうだい？　今度一緒にやらないかい」

「だからそれ全部同じ系統な!?」

認めたくないが、夜帳は頭がいい。記憶力もいい。トランプで捨てたカードの順番を全て覚えていて、山札にした際に上から一枚の狂いもなく言い当てていた時はさすがに笑えた。その類の頭脳戦には自信のあった駿だったが、夜帳に会ってからその自信もぽっきりと折られてしまった。

「なんだい、君はか弱い少女相手に腕力勝負でもしようとしていたのかい？　力任せに女の子を押し倒すのが趣味なのかい？」

「ちげえよ。でも、スポーツで勝負するならお前が男だったとしても負けはないだろうけどな」

「膂力《りよりよく》や運動神経がなんの役に立つというんだい？　鍛えたところで人の力でできることには限りがあるし、どれだけ筋肉があろうとピストルの弾は弾き返せない。社会に出れば運動能力などステータスにはならないよ」

「はいはい、悔しいのな。お前にも人間らしい感情があったようで安心したよ」

ここでほんの少し天秤が夜帳《とばり》側に傾いた。

今の発言は若干の焦りを含むものとして換算され、質量を伴った。

口元に手を持ってくる夜帳の表情が興味深そうに歪《ゆが》む。

「桐谷凜音については何か進捗があったかい？　手がかりは摑《つか》めたかな。ボクも情報は集めているのだけどね。中々難しくて」

「進捗なんてねえよ。それとお前には何も期待してない」

「どうして？　これでもボクは優秀だよ」

「たとえ情報を手に入れたとしても親切心で俺に教えることはないからだ。言っただろ、信用してるって」

「セレクタークラスが崩壊したあの日。彼女も一緒に連れ出せればよかったね。いいや、それよりも前に君たちは逃げ出すべきだったんだ。後悔《ヽヽ》しているかい？　セレクタークラスでの日々を」

あからさまにワードをぶち込む夜帳。

「後悔してねえって言ったら嘘《うそ》になるけど、それを考えることに意味はないだろ。今やれることをやるだけだ」

駿《しゅん》は気にせず会話を続けるが、ザフールの天秤はそれに反応を示した。

駿側の天秤に重さが加算され、釣り合う。状況は振出へと戻された。

テーマが『後悔』だという可能性は排除できなかった。

なぜなら、今の発言には確実にその感情は乗っていたからだ。

まだわからない。彼女の言ったことが嘘か、本当か。

「桐谷凜音のことは仕方のないことだったと思っているかい？」

「それを考えるのは意味のないことだ。過去を憂いてる暇なんてない」

「それは自分が楽になるためだね」

「あ？」

「だってそうだろう。苦しい過去から目を背けたい。あるかもしれない輝かしい未来のことだけを考えて。それが今の君だ」

「痛みを直視することと前を向くことは同義じゃねえ」

「そうかもしれないし、そうじゃないかもしれない。ただ一つ言えるのは、桐谷凜音が行方不明になったのは他の誰でもなく君のせいだということだ。兄なのに救えなかった。ずっと一緒にいて、彼女の苦しみを知っていてそれでも救えなかったのは君の怠慢だ。あれは突発的な事故だったかもしれない。でも、同じような悲劇がいつ降りかかってもおかしくない場所だった。桐谷凜音が特別扱いされていたのも知っていた。君だけが、君が一番よく知っていた。もう一度言おう。桐谷凜音が今ここに居ないのは君のせいだ」

その言葉は駿の心の中に鉛のように溜《た》まっていった。

何を言われても飄々《ひょうひょう》としているつもりだった。夜帳が口が上手《うま》いのは知っていたから。

それでも息が苦しくなった。妹の凜音の顔が浮かぶ。お兄ちゃん助けて、と消え入りそうなか細い声が聞こえた。どうしてすぐに駆け付けてくれないのか、と酷《ひど》く嘆いているようにも見えた。

「そ、れは……否定しない」

夜帳の言い方は酷く意地が悪い。ただ、間違ったことを言ってはいない。

正論だ。悔やんでも悔やみきれない。今の凜音の現状は他の誰のせいでもなく、たった一人駿の力不足が、怠慢が、無力さが、不甲斐《ふがい》なさが原因である。

ガクンと天秤が駿側へ揺れる。一気に質量が加算され、天秤が大きく振れた。

もはやテーマが『後悔』であるかは関係ない。どちらにせよテーマはネガティブな感情であることには違いないはずだ。この思考はよくない。

それでも止まらない。夜帳の口も、駿の気持ちが引きずられるのも。

「恋人ちゃんが桐谷凜音の代わりかい？　ボクはそんな君を否定しないけどね。だってそでいるさ」

うだろう？　苦しい過去なんて忘れてしまった方が幸せになれる。桐谷凜音もそれを望ん
「おい、黙れよ夜帳」

駿は叫び散らかしてやりたい衝動を抑え、低く震えた声を漏らす。

「憤るのは図星だからだ。君が苦しむ姿はボクも見たくないし、それで楽に生きられるならいいじゃないか。逃げてしまえばいい」

「はは……どうせ逃げられねえよ。忘れようとして忘れられるもんじゃねえし、幸せになろうとしてもそんなの上っ面だけだ。でも、生きるって苦しむってことだろ」

もう一段階駿の方へ天秤が揺れる。

もう一度感情が乗れば、負ける。それくらいには差ができてしまった。

「お前の言葉は死ぬほど痛いし、お前をぶん殴ってやりたいが……もうここに来るまでにちゃんと整理つけてんだよ。その薄っぺらい言葉だけでどうにかなると思うなよ」

瞳を閉じれば今でも凜音の声が聞こえる。

知っている。わかっている。自分が悪いことなどとうに自覚している。夜帳には気持ちをごっそり抉《えぐ》り出されたみたいだ。でも、ここに来るまでにどれだけ涙を流してきたと思っている。今更少し痛くても後戻りできないところまで来ているのだ。

だから、ブレてはいけない。

「ほう、やはり君との会話は楽しいね」

「俺は楽しくねえ。それとこれは会話じゃなくてリンチだ」

大きく息を吸って、吐く。今この場にいらない気持ちを置いていく。

心を落ち着かせる。深く、奥に鉛を沈ませて、見えないくらい奥の暗いところに。

「後あれだな。俺のテーマが『後悔』かどうかってやつ。正しいか間違っているかの二択を考え始めた時点で思う壺《つぼ》だったよな。その時点で完全に捕らわれてる」

「ふむ、そういう考えもあるね」

「それと、昔からの付き合いだから俺のことは知ってるとかほざいてたが、そりゃお互い様だ。憎たらしいけどな」

「ほう、それは興味深いね。ボクにも癖のようなものがあるのかな？　それとも何か大きな秘密を握っていたり？　ボクの感情が大きく揺れるほどの何かを君は持っているのかい？」

「…………」

その問いに対して、駿は沈黙を貫いた。

「おやおや、もしかしてただのはったりだったのかな。続ける言葉を持っていないとは君らしくもない」

「…………」

「どうしちゃったんだい？　もう諦めたというわけではあるまい？」

「…………………」

まだ駿は何も答えたりしなかった。

それどころか、わざとらしく大きな欠伸《あくび》を落としてみたりした。

「ふむ……これではゲームが成立しないね。ボクのことを無視するなんて言い度胸だ。なんて贅沢《ぜいたく》だ。ここまでボクと対等に話せるのは君くらいなものなんだよ？」

ギギ。夜帳側の天秤《てんびん》に質量が伴った。まだ駿の感情の方が重いが、これで次に該当感情をこぼせばドボンの状態からは抜け出せた。

駿は退屈そうに首を鳴らしてみたりして、ため息をつく。

「む、無視しないでよぉ……悲しいな、泣いてしまいそうだな」

更に夜帳の天秤に感情が乗る。

夜帳は両手を目元に持っていって泣きまねをする。

ちら、ちらと駿の方を覗《のぞ》き見ながらわざとらしく「え〜ん」なんて言ったりして。

それでも駿は何も反応を示さない。

「そうかそうか、わかったぞ。君はボクを怒らせようとしているんだね。ああ、たしかに苛立《いらだ》たしいとも。でもね、これ以上は逆効果だよ。なぜなら、怒るより悲しくなってきたからね！」

更に感情が加算され、これで天秤がちょうど釣り合った。

そんなことを自信満々で宣《のたま》う夜帳と駿は視線すら合わせようとしない。

それどころか舌打ちなんかする始末だ。

「ちょ、ちょっと駿？　もしかしてさっきのことを怒っているのかい？　それはね、たしかに酷いことを言ったと思うよ。申し訳ないと思う。でもこれはゲームだからね、決してあれがボクの本音というわけではない。全てが嘘でもないけれど、なんというかね……そのだね……」

気丈な夜帳らしくもなく、両手をあわあわと動かし始め——。

ガタン。ここでゲームはあっけなく終了する。

勝者は桐谷駿。夜帳の器に流れるように感情が加算され、一気に天秤が振れた。

「ぷ……くふ、あははははは。俺の勝ちだ夜帳！　いい気味だな！　お前昔から堪《こら》え性《しよう》なかったもんな。無視されるのは嫌だよな」

勝負が決まったのがわかって、駿は堪えきれないといった風に笑いだす。

夜帳は基本的に何を言われても気を悪くしない。罵倒されてもそれすら興味深いと好奇心を抱くのだ。怒られても、褒められても、どんな反応が返ってこようと好奇心を満たせてしまう。楽しいと思えてしまう。

だからこそ、何も反応が返ってこないという状態が一番嫌いだった。

好きの反対は無関心というが、あれは嘘だ。

じゃあ、大好きの反対は大無関心なのか。そんなわけがない。好きや嫌いには一があって十があって億があるかもしれない。その感情の中でも振れ幅がある。でも、無関心はそれすらない。完全なる拒絶。無なのだから。

「君もなかなか性格が悪いじゃないか、駿。焦燥感……それがテーマか」

「正解だ。お前みたいなのとつるんでると自然とそうなるんだよ」

「ふふ、ちなみに君のテーマは本当に『後悔』だったよ」

こうして最終ゲームが終了する。

戦績は二勝一敗。目標は達成できた。

「やったわね、駿！　あんたならどうせ勝つって思ってたわ！」

「うそ。ずっと不安な顔してた」

「み、ミラちゃん？　なんのことかしら!?」

ミラティアと咲奈《さな》は駿の下へ駆け寄ってくる。

ミラティアは座ったままの駿の頭を優しく抱き寄せ、慈しむように頭を撫《な》でる。彼女の控えめだが、たしかな存在を主張する柔らかなそれが顔に押し付けられ、頬がむずむずとする。ミラティアに抱きかかえられているため、その表情が誰にも見られないことがせめてもの救いだった。

「ど、どうしたんだ急に。み、ミラティア？」

「シュン、落ち込んでるから。元気だして」

「そんなことねえよ。見ただろ。俺が勝ったの！　元気ないわけあるか」

「シュン、かわいいね」

「あ？　なんでそうなるんだ——ぶふぇっ」

駿が力ずくで引きはがそうとすると、ミラティアは彼を抱く腕に更に力をいれて引き寄せた。磁力でも働いているのだろうか。ぴったりとくっついて動かなかった。

「ねえ」

ミラティアは優しい表情を一変、怒気の孕《はら》んだ声音と氷槍《ひょうそう》の如《ごと》き視線を以《も》って夜帳の方を向く。絶対に駿には見せないような鋭い表情を浮かべていた。

「ん？　どうしたんだい？」

「わたし、シュン以外の人類にはやさしくするつもりない、よ？　あまりふざけたことしないでね」

そこには普段のぼうっとした小動物のような愛らしさはなかった。射殺せそうなほどの視線。人知を超えた異能を持つネームドライフとしての圧倒的なプレッシャー。本能的に恐怖を抱いてしまうほどのオーラを纏《まと》って言葉を紡ぐ。

「ふふ、それは恐ろしいことだ。善処しよう。ボクも君を敵に回したくはないからね」

◇

勝った方が負けた方になんでも質問できる。

これが、最初に決めたルールである。

「もえぎなって人類について知ってることを教えて」

第一ゲームの勝者、ミラティアが夜帳《とばり》に問いかける。

「捜しているという姉の名だね？　いいだろう。これを」

夜帳は咲奈に三枚の紙を渡した。

その紙にはずらりと上から下まで日付と人物名、その横にA～Eまでのアルファベットが記載されていた。その二枚目、下の方に『萌葱《もえぎ》那奈《なな》』の名前もあった。

「なにこれ……お姉ちゃんの名前だ」

「プレイヤースキルを植え付けるための実験。その被検体候補の名簿だ」

「やっぱりか……っ」

那奈が非合法な実験に協力させられていたという話は咲奈から聞いていた。

それは、駿《しゅん》が睨《にら》んだ通りプレイヤースキルに関するものだったようだ。

「アルファベットはおそらく適性値をランク付けしたものだろう。萌葱那奈はAランク。

どうやら、プレイヤースキルを得る資格は十分にあったようだね」

「つまり、那奈はプレイヤースキルを植え付けられた、と？」

駿はセレクタークラスでの凄惨な日々を思い出して歯噛《はが》みする。

薬物投与にカードを使った実験。何度身体《からだ》を開けられたかわからない。

鶺鴒《せきれい》が聞いたというプレイヤースキルの噂《うわさ》は本当だったようだ。再びセレクタークラスを運営していた組織は動き出し、今もプレイヤースキルについての実験を継続している。

「その可能性が高い。ただ、君が心配しているようなことにはなっていないよ。ボクたちの時よりも、プレイヤースキルへの理解も、技術も上がっている。無茶な実験をする必要もなくなった。セレクタークラスの第一世代と現在の第二世代とでは、作られた目的も大きく異なっているしね」

その口ぶりから察するに、やはりセレクタークラスを運営していた組織と今回のプレイヤースキル騒動を引き起こした組織は同一のようだ。

「目的……だと……？」

「彼らも趣味や道楽であれほどの施設を運営していたわけじゃない。第一世代の実験の目的は桐谷凜音《きりやりんね》の存在で達成されている。比べて第二世代の実験の目的は……まあ、大したことはないかな」

「凜音が……っ!?　てことは、凜音はやっぱり組織に捕らわれてるのか？　それは凜音のプレイヤースキルが関係してるのか？　夜帳、お前はいったいどこまで知ってるんだ」

組織にとって凜音が重要なポジションにいることは察していたが、どうやら駿の想像以上に凜音は組織に深く絡んでいるらしい。第一世代の実験の成果が凜音そのものだとは思ってもみなかった。

ちなみに駿は凜音のプレイヤースキルを知らない。

一緒に居た頃は凜音自身も自分の力をわかっていないようだった。

「桐谷凜音についてはこれ以上は何も言えない。組織に居て無事に生きている。それだけは、保証してあげる」

「なあ、夜帳。無理やり聞き出そうって考えたのも一度や二度じゃねえんだぜ？」

駿の声音から、表情から余裕が消える。

前のめりな物言いに、夜帳は面白いと口端を歪《ゆが》めた。

「でも、君は一度もそうはしなかった。ボクの口を力ずくで割るのは不可能だと思っているからだ。ボクの機嫌を損ねるのは避けたいと思っているからだ。それをした結果、桐谷凜音から遠ざかると理解しているのだろう？」

「…………じゃあ、なんで今日は凜音の話を出した？　今まで取り付く島もなかったじゃねえか」

だから、彼女から情報を得るのは不可能だと思っていた。

口論で夜帳を丸め込む自信はないし、それどころか彼女の都合のいいように誘導されてしまう恐れもあった。端的に言えば、駿は夜帳を怖いと思っていた。

だが、今日の夜帳はやけに駿の求めている情報について饒舌《じょうぜつ》だ。

「時が満ちたからだ――ここから盤面は激しく動くよ、駿。桐谷凜音の兄であり、恋人ちゃんの隣にいる君は絶対にその渦中に巻き込まれるだろう」

「はあ？　意味わかんねえ……」

「オラクルについてどこまで知っている？」

「それがなんらかの組織の名前だってくらいだ……お前の話を聞いてそれ以上の予想もっていたがな」

「ああ、君の推測は恐らく正しいとも。オラクルにはボクたちも散々お世話になったよね、駿」

「…………ッ、じゃあやっぱり」

萌葱那奈。彼女が受けているという実験。プレイヤースキル。オラクル。

その一言で全てが繋《つな》がった。

おぼろげだった視界が晴れ、ぼんやりと浮かんでいただけの可能性が確信に変わる。

「そうさ、オラクルがセレクタークラスを運営していた組織。凜音を捕らえている、君が対するべき敵だとも」

「今日はずいぶん親切じゃねえか、夜帳」

「ボクはいつでも君に親切だよ？　常に君のためを思っている。でも、今日はここまでだ。後は自力で頑張ってくれたまえ。応援しているよ、駿」

「今日ばかりは感謝しといてやるよ、夜帳。そんで、二つ目の質問だ。今、萌葱那奈はどこにいる？」

一番求めていた情報に咲奈は口を引き結び前のめりになる。

「ああ、萌葱那奈はね――――キリングバイトにいるよ」

もったいぶることなく答えを口にする夜帳の口元は、薄ら笑いを浮かべているようにも見えた。

◇

夜帳の話を聞いた三人は、急いでキリングバイトのある汚鼠街《おそがい》へ向かう。

バスの時刻表を調べ、一番近いバス停から誠背区《せいはいく》駅行のバスに乗り込んだ。

炎天下で全力疾走をしたから、ミラティア以外の二人は汗だくだった。

その間も、バスに乗ってからも咲奈は静かなもので、思いつめたように顔を強張《こわば》らせていた。駿から貰《もら》ったカードを撫でる。瞳だけ動かして駿の顔を盗み見る。

「ねえ、プレイヤースキルの実験って危険なものなの？」

咲奈は窓の外に視線を移して、ぼそりと呟《つぶや》いた。

「昔はな。夜帳の言うことを信じるならだが、今はそうでもないみたいだぞ」

乗り物酔いが激しく、地味に体調の悪い駿は、いつもよりぶっきらぼうな声音で言った。

「昔は……そう、なのね。この騒動が無事終わったら、あんたのこともちゃんと聞かせてよ。恩返しも………って、そうはならないか」

「はあ？　一人で何納得してんだ、お前」

「お姉ちゃん、今頃私に会いたくて仕方ないんだろうな。長期休みのたびに面倒な手続きしてまで、本土に帰って来たくらいだし。私、もしかしてシスコンなのかしら」

「知らねえよ。少なくとも、俺の妹はブラコンだったぞ」

「ほんとにぃ？　あんたのがシスコンそうだけど」

咲奈は駿を見ると、ニヤリと笑った。

その表情がどこか悲しいものに見えるのは、この状況がそうさせているだけだろうか。

「兄とは須《すべか》らくそうあるべきものだ」

「うわ、あんた妹のことになるとそうなるのね……」

咲奈は再び口を噤《つぐ》み、バスに揺られる。

ミラティアは、隣の駿に頭を預けてうつらうつらと舟をこいでいた。

「ねえ、駿。ありがとね」

「なんだよ、急に」

「一人で色藤島《しきとうじま》まで来てすごく心細かった。知らない男たちに囲まれて怖かった。助けてくれて嬉《うれ》しかった、ありがとう。キリングバイトでのことは不本意だったけど許してあげる。きっと、駿と出会えなかったらここまで来られてなかった。鵜鴒さんにもすごく感謝してる。もちろん、ミラちゃんにも」

「だから、そういうのは姉ちゃんを助け出してから――」

「それとごめんなさい。私、やっぱりお姉ちゃんのことすごく大事なの。どうしても助けたいの。そのために最善を尽くしたいの。だから、駿にはすごく迷惑をかけると思うわ。私のこと嫌いになってもいい」

咲奈《さな》は真剣な眼差《まなざ》しで正面から駿を見据える。駿の話を遮って言葉を続けた。

咲奈の脳裏を流れるのは、キリングバイトでのヘレミアとのやり取り。

那奈の置かれた状況と、提示された彼女を助けるための方法のこと。

どこまで彼女の思い通りにことが進んでいるのかはわからないが、彼女の言った通り駿たちは再びキリングバイトへ訪れることとなった。

「迷惑なんて今更だな。それに、俺にもメリットがあって協力してるって言ったろ。あと、元々別にそんな好きでもねえ」

「にゃんてこと言うのよ!? まったく、ちょっといいかもと思ったらすぐこれなんだから」

咲奈は不満気に駿を見て、また吐かせてやろうかしら、なんて文句を言う。

駿はそんな彼女に気を悪くした様子もなく、ふと微笑《ほほえ》んだ。

「なあ、咲奈。イルセイバーのカードを見せてくれないか?」

「え、あ、うん。はい」

咲奈は懐から一枚のカード、【鉄閃竜《てつせん》イルセイバー】を取り出すと駿に渡した。

駿は受け取ったカードをジッと見つめると、ホッとしたように息を吐いた。

「どうしたのよ、返してほしくなった?」

「いや、そんなことしねえし、無理だよ」

駿は咲奈にカードを返すと、今までないくらいに真剣な目つきで彼女を見る。

すると、同時に咲奈も意を決したように駿を見定めた。

「駿、あんたに言っておかなきゃいけないことがあるの」

「なあ、咲奈。お前に話しておくことがあるんだ」

と、見つめ合った二人は同時に言葉を発するのだった——。

◇

熱が去り、いつも通りの氷のような静けさが残る。

カードショップに一人残された夜帳《とばり》は、豪奢《ごうしゃ》な椅子に腰掛け満足気な笑みを湛《たた》えていた。

真っ白の髪を耳に掛ける彼女の存在は幽鬼のように不確かで、瞬きの一瞬で消えてしまいそうな危うさを秘めていた。

「これは全てマスターの思惑通りですか？」

両目を漆黒の包帯で隠した精霊種のライフ、ザフールは主と同じ白髪を揺らして問いかける。

「そうだね。想定した中で望ましい結果にはなっているかな。これでやっと彼もスタートラインに立てるだろう。おめでとう、君の望みに一歩近づいたよ」

旧友を思い浮かべて、夜帳は愛《いと》おしそうに瞳を細めた。

それは、恋人や家族に向けるようなものとは少し違っていて、喩《たと》えるなら、そう、お気に入りのおもちゃを買ってもらった子供のような瞳だ。

「ボクも彼を騙《だま》して死地へ送り込むような真似《まね》、申しわけないと思っているんだよ？　でも、仕事だからね。先に彼女からの依頼を受けてしまったのだから仕方ないね」

夜帳は悪びれた様子など一切なく、くつくつと笑う。

駿《しゅん》より先にここを訪ねた者がいた。もし、駿らがここへきて萌葱那奈《もえぎなな》の所在を問うた時は、ある場所を指定してくれとお願いされた。その分の報酬も貰った。

そしたらもう仕方がない。これも夜帳の仕事なのだから。

「彼は大丈夫でしょうか」

「そうでなくちゃ困る。こんなところで躓《つまず》くようなら彼に未来はない。どうせ負けはしないだろうけどね」

「やっと、これから始まるのですね？」

「ああ、必然的にそうなるだろう。ボクらは［世界］を求める」

様々な思惑の渦巻く色藤島。

それぞれ願いは違えど、求めるものはただ一つ。たった一枚のカードだ。

「やっと君のターンだよ。最低限の手札は揃《そろ》った。盤面も整った。敵も見えてきたね？　待ちわびたよ――もう一度始めよう？　駿くん」

時には君の敵と成ろう。

時には旧友として手を取り合おう。

時には君を慰めてあげよう。

君自身の願いのために愉快に藻掻《もが》き苦しんでくれたまえ――今度こそ全身全霊を以《も》って叶《かな》えてあげるから。

駿、ミラティア、咲奈の三名は誠背駅に到着すると、キリングバイトのある例のバーへ向けて走る。汚鼠街《おそがい》は相も変わらず退廃的で、太陽は街を舐《な》め溶かすように沈み込んでいた。焔《ほのお》の如《ごと》く広がる夕焼けは、これから訪れる未来を風刺するように生々しい赤。

人一人の姿さえ見えず、ほんの少しの物音も聞こえてこない。酷《ひど》く不気味だ。嵐の前の静けさとでも言うのだろうか。今から何かが起こるという確信が駿にはあった。

走りながら夜帳の言葉を思い出す――。

「ああ、萌葱那奈はね――――キリングバイトにいるよ」

夜帳の口から出たのは、つい先日訪れた汚鼠街《おそがい》にある地下闘技場の名だった。

「キリングバイトはオラクルとちょっとした繋がりがあってね。オラクルがキリングバイトに資金的な援助をする代わりに、キリングバイトはオラクルにプレイヤースキルの実験のための素体を渡しているんだ」

誠背区の辺りでプレイヤースキル持ちを見たという噂《うわさ》はやはり正しかった。

それを聞いてキリングバイトに向かった駿の勘も正しかったようだが、その捜索はお粗末なものだったと言わざるを得ない。

「君たちも知っているだろう？　キリングバイトの参加者だよ。そこから、オラクルが素養のありそうな者を指定する。汚鼠街《おそがい》の人々にとってプレイヤースキルなんて特別な力は喉から手が出るほど欲しいもののようだからね。むしろ、みんな喜んで実験に協力するようだよ？」

フルハンドも、プレイヤースキルを欲しがっている者は多いと言っていた。

彼がどこまで知っていたかはわからないが、やはりもう少し強引にでも詰めるべきだったのかもしれない。

「萌葱那奈はその限りではないけどね。実験内容を偽装し、公的なルートを使っての生徒の募集からプレイヤースキルの実験に参加させられた。キリングバイトの中だけでは、どうしても素体が偏ってしまうからね」

それを聞いて、咲奈は拳を握り込み奥歯を嚙《か》みしめる。

力を望んだわけではなく、騙されて連れていかれた那奈は完全なる被害者だ。

学校に顔を出さなくなった点や、現在キリングバイトの場にいることなど不自然な点はあるものの、彼女は巻き込まれただけと考えて間違いないだろう。

「あらら、もう行くのかい？　健闘を祈るよ」

こうして、駿たちは不敵な笑みを湛えた夜帳に送り出された——。

「駿、ねえ、あれって……」

地下にキリングバイトを内包したバーまでたどり着いたが、今回は簡単に入れそうにはなかった。扉の前には男女一組が門番のように仁王立ちしている。

腰元のデッキホルダーを見るに、どちらもプレイヤーだろう。

「なんか見覚えあんなあ」

「キリングバイトの時に戦ってた二人だわ！　たしか、ユーザー名はブラックドッグとプリテンダー」

「ああ、なるほど。そういう、ね」

先日フィールド内で見た記憶と目の前の二人が重なったのか、駿はデッキホルダーに手を掛けて首肯する。黒髪ボブの少女がブラックドッグ。色素の薄い茶髪の少年がプリテンダーだったはずだ。

二人は待ってましたと言わんばかりに、駿たちに悪意のある視線を突き付ける。

「やっと来たね。待ちくたびれたよ」

「なんだ、俺らが来るのがわかってたみたいな言い草だな」

「そう言ってンですよ。恋人使い《ファントムラバー》！　ここまで誰かに誘導されたンじゃないですかぁ？」

ブラックドッグはデッキを取り出し、大きく口角を歪《ゆが》めた。

駿はくつくつと笑う情報屋の顔を思い浮かべて、短く舌打ちをする。

予想外だと言うわけではないが、腹が立つことには変わりなかった。

どうやらあの快楽主義の性悪女に、駿たちははめられたらしい。

「安心したよ、君を倒せなきゃ報酬は貰《もら》えないからね」

「キリングバイト……いや、オラクルの差し金か？」

「そうだよ。君を倒して僕らはプレイヤースキルを手に入れる！　プレイヤーとして君らの一段階上に立つんだ!!」

どうやら二人は、駿を倒せばプレイヤースキルを与える、という契約をオラクルと結んだらしい。プレイヤースキルは望んで非検体になれば誰でも得られるようなものではないが、彼らにそこまで物事を深く考える脳みそが残っていれば、オラクルにいいように使われてはいなかっただろう。

「なるほどね。とりあえず、お前らをどかさないと中には入れないってことでいい？」

「はぁ？　ムカつく言い方ですね。やろうとすればできるみたいな？」

「君じゃ無理だよ。なんたって僕らのデッキは、ヘレミア様から貰ったカードで大幅に強化されてるからね」

二人は七枚のカードを扇子のように広げて持ち、戦闘態勢を作った。

デッキの枚数は三十枚。一日で使えるカードの枚数はその中から十枚。使用できるのは昨日以前に所有権を刻んだカードのみとなる。二人はデッキの中から、駿を屠《ほふ》るためのカードを選び、指に掛ける。

「下がってろ。ミラ、咲奈《さな》を頼むぞ」

「ん、あきるまでは」

「ミラちゃん!?　聞き間違いかしら!?　私への扱い雑じゃない!?」

駿もカードホルダーからカードを引き抜き前に出た。

「使わないンですね、彼女を」

ブラックドッグは抜き身の刀のような鋭い視線でミラティアを一瞥《いちべつ》する。

「前座には過ぎた能力だからな」

そう言いながら、駿は二枚のリザーブスペルをセットした。

駿を守る盾のように等身大に肥大化したカードの影が展開される。それは裏面のままその姿を景色に馴染《なじ》ませた。

同じようにブラックドッグも一枚のリザーブスペルをセットする。

駿は追加で二枚のスペルを発動した。Rベーシックスペル【フィジカルアップ】を使い身体能力の大幅な向上を図り、一定のダメージを軽減する透明の鎧《よろい》、Rベーシックスペル【外装骨格】を纏《まと》う。

「ふぅん？　それ本気で言ってるの？　わかってないみたいだね、自分の立場を！」

「どっちが前座かわからせてやるってンですよ！」

ブラックドッグは高くカードを掲げ、一体のライフを召喚する。

細く嘶《いなな》く。二本の脚はコンクリートに亀裂を入れるほどに力強く、その鋼鉄の鱗《うろこ》に覆われた体軀《たいく》は駿の三倍はあろうほど。背中には帆のように鋭い刃が展開されており、嚙み砕くことに特化したその顎は悪逆そのものだった。

「殺しはするなって命令ですが、腕と脚の一本ずつくらいなら砕いても問題ないですよねぇ！」

SR恐竜種ライフ【カリュプスサウロ】

暴力的な形を取った古代の肉食獣は、駿を敵と見定め——咆哮《ほうこう》した。

「おー、おー、かませ犬っぽいいい演出だな、ブラックドッグ！」

身体《からだ》がピリつくほどの轟《とどろ》きを受けて尚《なお》、駿は冷静に一枚のスペルを発動させた。

SRベーシックスペル【銀天縛鎖】

それは万物を縛り、留める白銀の鎖。陽光を反射して煌《きら》めくダイヤにも勝る銀色は、たとえ相手が常識離れした膂力《りょりょく》を持つ恐竜種だとしてもその効果を発揮する。

「なー——ッ!?」

しかし、その狼狽《ろうばい》の声は駿の口から漏れたものだった。

【銀天縛鎖】が捕らえるはずだった、【カリュプスサウロ】はギラギラと瞳を光らせて唾液を垂らしている。一切の拘束を受けず地を踏み鳴らす。

代わりに銀の鎖に縛られたのは、その足元に転がる大型犬サイズの幼い恐竜だった。幼竜が縫い付けられるように地面に固定されるのを見て、駿は焦ったように舌打ちする。

「【産卵機能機器】――対象の卵胎生ライフの幼体を生み出すスペルだよ」

「で、【生存本能―ダイナソーアンチ】でスペルの対象を移し替えたってわけです」

Rリザーブスペル【生存本能―ダイナソーアンチ】

このカードの効果は、恐竜種ライフを対象としてスペルが発動された時、その対象を別の恐竜種ライフへ移し替えるというもの。これで駿の【銀天縛鎖】は捨て駒の幼体に使わされた。

つまり、猛《たけ》る【カリュプスサウロ】の進撃を止めることは敵《かな》わなかった。

暴竜はコンクリートを砕くほどの踏み込みを以って、駿を噛み砕こうと大口を開ける。

「ち――ッ!?」

駿は反射的に体を地面に投げ出した。牙が掠《かす》る。腕にナイフを突き立てられたような痛みが走る。滴る鮮血を気に留めることなく、駿は全力で距離を取り、追撃を回避した。

辛うじて反応できたのは、【フィジカルアップ】で身体能力を強化していたおかげだろう。五メートル近い巨体からは考えられないほどの俊敏な動きに、思わず後れを取ってしまった。

「駿！　あんた血が！」

「下がって？」

「ミラちゃん!! 私のことはいいから、駿《しゅん》を!!」

「問題ない。大人しくしてて」

傷を負った駿を見て、咲奈は身を乗り出すが、ミラティアがそれを制止する。

ミラティアは信頼しているのだ。確信しているのだ。自分の主《あるじ》がこの程度の敵に負けるわけがないと。焦らなくてはならない要素など何一つないと自信を持って言えるのだ。

そんな彼女の想《おも》いに応えるように、駿の口角が意地悪く上がった。

「リザーブスペル、【血痕消退状】」

戦闘開始時にセットしたリザーブスペルが、銀色の光を帯びて駿の目の前に実体を現した。

発動条件を満たしたことでその効果が発揮される。

条件――プレイヤーがライフによって外傷を与えられた時。

効果――そのライフを使役プレイヤーのデッキに戻す。

【カリュプスサウロ】は銀色の光に包まれ、その質量を、形を崩していく。

それは粒子となって溶けだし、ブラックドッグのデッキへと一直線に帰還していった。

「一度召喚状態を解除されたライフは、再召喚に二十四時間を要する。つまり、お前はこの戦いでもう【カリュプスサウロ】は使えねえ」

「ち――っ、めんどくせえですね。でも、あんたの不利には変わりはねえってンです!」

ブラックドッグは続けて、恐竜種ライフR【シノビザウルス】を三体召喚する。

顎を黒い布で覆い、鎖帷子《くさりかたびら》を思わせる防具を纏った二メートル弱の恐竜種。長く伸びたかぎ爪が特徴的で、スピードに特化したライフだが、【カリュプスサウロ】に比べたら見劣りするものがあった。

それと同時に、駿も一枚のカードを掲げ──発動。

黄金の光を纏い、顕現させたのは一振りの剣。片方にのみ刃の付いた、この世の尽《ことごと》くを断つための武器。ＳＳＲのアームドスペル【因果切断─アブディエル】。

「もう品切れか？　なら訂正だ、お前らは前座にもならねえ！」

アブディエルを構え、地を蹴り──駆ける。

「自分の状態見てからイキれってんですよ、カスが！」

【シノビザウルス】は駿を囲んで、一メートルほどのかぎ爪を以《も》って牽制《けんせい》する。

駿は強化された身体能力を余すことなく発揮してそれを回避、剣を振り上げて叩《たた》きつけた。交差する爪と、剣。その結果は──などともったいぶるまでもなく駿の剣はマーガリンを切るようにあっさりと【シノビザウルス】の爪を両断した。

「ふ──っ」

そのまま返す刀で胴体をも真っ二つに裂く。

まるで肉が剣を避けるように、一切の摩擦も抵抗感も感じさせることなく刃が通り、一体の【シノビザウルス】が沈黙した。残りの二体の内一体が振り上げた爪を、剣の腹でガードし駿は余裕をもって一旦引く。

【因果切断―アブディエル】の効果はあらゆるものを切り離すというものだ。凶悪な恐竜種ライフもその対象に漏れることなく、あっさりと両断される。

「［恋人］以外にもなかなかいいカードを持ってンですね。でも、使い手が生身の人間である以上限界はありますよねぇ？　リベンジスペル――【生存本能―レボリューション】!!」

ブラックドッグの手の中で、銀色のカードが光を放つ。その銀光は二体の恐竜種ライフを包み込み、突き刺した。存在が崩れる。搔《か》き混ぜられ、血と肉を練り合わせ新たな光となって一つへと集約する。

「ちっ……めんどくせえことしやがる」

「二体の恐竜種ライフを破棄することで、デッキの恐竜種ライフ一枚を全てのルールより優先して召喚できる――ッ！　再臨してください――【カリュプスサウロ】!!」

カードの効果、及び他の外的要因によって破棄されたライフは手元に戻ってくることはない。それだけに得られる対価は絶大で、このスペルはライフをルールの縛りから脱却させた。それにより、一度解除したライフの再召喚までは二十四時間を要するというプレイヤーのルールは無視される。

再び、悪逆の恐竜種ライフが産声を上げた。

コンクリートの地面を破砕し、唾液を散らしながら食い損ねた餌に向かって咆哮する。

超常の化け物を思わせる巨大な体軀を見上げて、駿は舌なめずりをした。

「ああ、でもなんだ、またお前か。芸がねえな」

アブディエルの平たい剣先を【カリュプスサウロ】に向け、挑発を返す。

今、一撃必殺の剣を持った少年による、恐竜退治が始まろうとしていた。

◇

プレイヤー同士の激闘。

キリングバイトとは違い、制限など一つもないライフとスペルの応酬。

咲奈はそれを見て、また、これからの賭けのことを気掛かりに身を竦《すく》ませていた。

「どこへ……いくの？」

焦ったような表情で、導かれるようにゆっくりと路地裏へ向かう咲奈。

駿の命で彼女へ目を光らせていたミラティアは刺すように声をかける。

「あ、あっちにお姉ちゃんが居た気がしたの！」

――うまく［恋人］を別の場所に誘導していただければいいのです。

咲奈の脳裏に過《よぎ》るのは、以前にキリングバイトで会った不気味な女性の言葉。

ただ、迷うことはない。もうすでに覚悟も己の行動も定めている。

路地の奥の方を指さして、咲奈は足踏みをする。

そして、逃げるような早足で行ってしまった。

「…………」

ミラティアはそれを見て、じっと口を噤《つぐ》む。

そこに逡巡《しゅんじゅん》する余地などありはしない。比べるまでもなくあんな小娘一人より主である駿の命の方が優先事項だ。

しかし、その小娘を守れと他の誰でもない駿から仰せつかっている。

その間にも、駿はアブディエルを駆使して【カリュプスサウロ】との激闘を繰り広げていた。鋼鉄をも噛《か》み砕く暴竜の一撃を避け、隙をついて一太刀入れんと剣を振るう。ブラックドッグとプリテンダーによるスペルでのサポート、援護射撃をも躱《かわ》し、時には受け止めながら、駿はたった一人で大立ち回りを演じてみせていた。

「ミラ！　咲奈を頼む！」

状況を盗み見て億劫《おっくう》そうに顔を歪《ゆが》めた駿は、そうミラティアに指示を飛ばす。

ならば、迷う必要はないだろう。ミラティアは駿に背を向け咲奈を追った。

「ん、がってんしょうち——シュンもそろそろ終わる？」

いくら駿が優秀なプレイヤーだとしても、相手は生き物としての構造が明らかに異常な化け物なのだ。今だって駿は【カリュプスサウロ】の攻撃を避けるのに精一杯に見える。

「ああ、すぐに終わらせてやるよ」

ミラティアには疑う余地などなく、この戦いの結末がわかっていた。

信頼じゃない。期待でもない。これは必然だ。

ミラティアはずっと隣にいて彼の力を知っているから、確信できる。

駿がこんなところで苦戦さえするわけがない、と。

◇

「なんだ、大口叩いた割には防戦一方だね」

プリテンダーは攻撃用のスペルカードを発動させる。腹を抱えてわざとらしく駿を嘲った。

駿はその攻撃をアブディエルで弾《はじ》く。コンクリートを踏み砕く【カリュプスサウロ】の一撃を駿は横っ飛びで避け、飛び散った破片により擦り傷を増やした。

「なンでライフを使わないンですかぁ？」

「はっ、テメエらていど生身で十分なんだよ」

一種のショーであるキリングバイトは例外として、基本的にプレイヤーは召喚したライフを中心として戦う。主軸にライフを据え、プレイヤーはスペルでの強化や遠距離攻撃による支援をするのが一般的な戦闘スタイルだ。

どれだけスペルで体を強化し、鎧《よろい》を着こもうが、先ほどブラックドッグが言った通り生身では限界がある。それにメリットだって少ない。

この戦いを見ればそれは明らかで、人類を遥《はる》かに凌《しの》ぐ膂力《りょりょく》を持つ恐竜種に人が挑むなど正気の沙汰ではない。しかも、たとえそのライフが破棄されようとプレイヤーは無傷なのだ。一度破棄されたライフは消滅し、カードとして手元に戻ってくることはないが、己の命と天秤《てんびん》にかけて釣り合うようなものではない。

ライフなんて無くなったら補充すればいい、使い捨ての武器なのだから。

「使わないんじゃない、使えないんだろう？」

「…………」

プリテンダーの指摘に、駿は無言を貫いた。

その無言は肯定を示すもので、確かに駿はライフを召喚できない。

正確には、精霊種以外のライフを召喚することができなかった。

ライフには、パッシブと呼ばれるスキルとは異なる、恒常的に効果が現れる力を持つ者がいる。

ミラティアのパッシブ──ユニティの能力は、プレイヤーはこのカードと同種族以外のライフを召喚することができないというものである。

つまり、精霊種であるミラティアを使役している駿が召喚できるのは、同じく精霊種のライフのみとなる。そして、精霊種はレア度SSR以上のネームドライフしか存在しない種族である。それほどの高レアリティのカードが容易《たやす》く手に入るわけもなく、そういった事情で駿は剣を握り己の身一つで戦っている。

「図星なんだね。やはりそれだけのライフに、なんの制約も付かないわけがないんだ」

「だからテメエらごときに必要ないって言ってんだろ。次だ、次の一振りで終わりにしてやる」

深く息を吸って、吐いた。

両手で剣をしっかりと握り込み、型にはめ込むようにゆっくりと構えを取る。

「だから、イキんなってンですよ！　その程度の力で！」

ブラックドッグが悪逆の暴竜へ命令を下す。【カリュプスサウロ】は暴れ狂うように駿へ向かって走る。大地が揺れる。身が竦むほどの暴力的な質量が一直線に向かってくる。

しかし、駿は微動だにしない。瞬き一つせず、剣を構えたままだ。

【カリュプスサウロ】が彼を噛み砕かんと大口を開け、その牙が胴体を砕こうと触れる瞬間──駿はまだ動かない。決してその位置からずれることはない。

と、剣山が如《ごと》き牙が駿《しゅん》を捉えたその刹那——牙が弾かれ、【カリュプスサウロ】はたたらを踏む。

「な——っ!?」

ブラックドッグからか、プリテンダーからか、狼狽《ろうばい》の声が漏れる。

「隔てろよ、アブディエル——ッ！」

ＳＳＲのアームドスペルによる音を置き去りにした一振りは、それが正しい在り方だと押し付けるように、暴竜が二つに割れたという結果だけを残したのだった。

「あれは……あの時のリザーブスペルッッ!?」

戦闘開始とともにセットした二枚のリザーブスペルの内の残り一枚。

【カリュプスサウロ】が駿に触れる瞬間、条件を満たしたそれは発動した。

Ｒリザーブスペル【一過性リジェクション】

条件——一度プレイヤーに外傷を与えたライフが再度そのプレイヤーに触れる瞬間。

効果——そのライフは弾かれる。

「こういう時はなんだ？　あれ？　僕なんかやっちゃいました？　とか言っとけばいいんだったかなあ！」

駿はない血を払うように剣を振り、嗜虐的《しぎゃくてき》に笑った。

粒子となって消え去る屍《しかばね》の上を歩く。銀色のそれは駿を祝福するように舞う。

「はは……でもまだ振出しに戻っただけってンですよ」

「そうだ、まだ悲観するような盤面じゃないよ」

そう言いながらも、二人の表情には絶望の色が濃く浮かんでいる。

彼らは気づいているだろうか。駿が一歩近づくたびに、一歩後退していることに。本能に恐怖を刻み込まれてしまったというその事実に。

「いやいや、その顔をしたらもう終わりだろォが。なァ？」

そこからはもう流れ作業だった。

【フィジカルアップ】で強化した体を存分に使い、二人との距離を詰める。プリテンダーは素早くカードを引き抜くも、慌てて取り落としてしまう始末。その内に剣の柄《つか》の部分で腹部に打突を入れ、背を向けたブラックドッグの首筋にも同じように剣の柄を打ち付けた。

「ぐふっ……」

「がぁ――」

プリテンダーは腹部を押さえ、膝から崩れ落ちるように倒れる。胃液を吐き、体をひくひくと痙攣《けいれん》させていた。ブラックドッグは逃げる体勢そのまま前のめりに倒れ込む。弛緩《しかん》した体に無理やり力を入れ、恨めしそうに振り返る。

「首の後ろを手刀でストンってやるやつ、あれ上手《うま》くいった例《ため》しがねえんだよなあ。今度はいける気がしたんだけど」

「ふ、ざけンな……」

「なんだ、斬られた方がよかったか？」

「そうしたければしたらいいンじゃねえですか？　お前を倒すことはできなかったですが……最低限の目的は達しました」

息は荒く、ふとした拍子に気を失ってしまいそうな状態だったが、それを負け惜しみと嘲るには彼女のどろりとした瞳は不穏が過ぎた。

「あなたが今の戦いで使ったカードは［恋人］を含めて七枚。この後、何もねえといいですね？」

ブラックドッグはその言葉を最後に、意識を暗転させる。

プレイヤーが一日で使えるカード枚数の上限は十枚。

つまり、そのルールに照らし合わせて言えば駿の残数は三枚ということになる。

「なんだ、そんなみみっちいこと気にしてたのか。そりゃ、期待に添えそうになくて申し訳ねえわ」

だが、駿はそれを聞いても、尻込みするどころか鼻で笑ってみせた。

「駿！　大丈夫!?　傷だらけよ!?」

ミラティアに連れ戻された咲奈《さな》は、駆け寄って駿を心配する。

「何が大丈夫!?　だよ。勝手に離れてるんじゃねえ」

「ご、ごめんなさい……その、お姉ちゃんがいた気がして。勘違いだったんだけど」

駿が軽く額を小突くと、咲奈は瞳を伏せてたどたどしく言った。

「ま、別になんもなかったからいいけどよ」

隣のミラティアは我関せずといった様子で、どこからか取り出したプリンを食べていた。

それに対して呆《あき》れ顔《がお》を浮かべる駿だったが、彼女は何を勘違いしたのか駿へ向かって一口分のプリンを差し出した。

「いや、ちげえよ？　欲しかったわけじゃねえよ？」

「足りなかった？」

「どう解釈したらそうなるんだよ……」

ミラティアの相変わらずな様子に、駿は安堵《あんど》感《かん》さえ覚える。

「咲奈は……いる？」

「いいの!?　なら、一口貰《もら》おうかしら」

咲奈はミラティアからプリンを貰えたことがよほど嬉《うれ》しいのか、自分が置かれた状況も忘れて頬を緩ませていた。

「ねえ、駿。へっぽくこいつらはひゃんなのかしら」

「飲み込んでから喋《しゃべ》れよ。まあ、キリングバイトから引き抜かれたオラクルの手駒ってとこじゃねえの？　二つの組織間の繋《つな》がりは嘘《うそ》じゃないだろうしな」

彼らの言動から推測するに、二人の目的はプレイヤースキルを得ることだ。そのために、オラクル、もしくはそれを騙《かた》る者の命令により駿を待ち構えていた。

そして、駿がここへ来る旨の情報は夜帳《とばり》から漏れていたということになる。

「夜帳さんが私たちを売ったってこと……？　それじゃあ、お姉ちゃんがここにいるってのも……」

「いや、それは多分本当だ。夜帳は萌葱那奈《もえぎなな》がキリングバイトにいると言った。あいつはクソが付くほどの性悪女だが、嘘はつかねえ」

それは夜帳の美学のようなものだった。あえて情報を伏せて誘導するようなことはあっても、はっきりと明言した言葉が嘘だということはありえない。

だから——萌葱那奈は絶対にこの先にいる。

元々荒れ果てた場所ではあったが、先の戦闘で破砕の痕は更に色濃く刻まれた。

その先にある先日訪れたバーの扉は酷《ひど》く重たい物のように感じる。

「ねえ、駿。これで大丈夫……なのよね？」

「ああ、何一つ、全くもって問題ねえな」

どこか後ろめたそうな咲奈を視界の端に、駿はバーの扉を押し込み、最終決戦の場へと歩を進めるのだった。

◇

白髪をオールバックにした初老の男性に迎えられるのは二回目だった。

彼はワイングラスを磨きながら、駿たちを一瞥《いちべつ》すると僅かに口角を上げた。

「お前はどっち側だ？　なんて聞くまでもないよな」

「ええ。私は主に窓口のような役割を果たしていまして。あなたが来たら、この先に通すようにとだけ仰せつかっています」

プリテンダーとブラックドッグは完全なる前座。駿に倒されることを前提に配置された駒だ。それは、彼らの言動からも見て取れた。

「誰に？」

「さあ。その答え合わせはどうぞこちらで」

ワインボトルが積み重なった棚の一区画を押し込む、と重低音が響きキリングバイト行きの通路が姿を現す。駿たちを誘うように開けられたそこからは、冥界から漏れ出したような冷気が吐き出された。

ごくり、と咲奈の生唾を飲み込む音が聞こえる。

駿は迷いなく地下行きの階段へ一歩を踏み出し、ミラティアもそれに続く。

「行くぞ、捕らわれのお姫様を助けに。そのためにこの島まで来たんだろ？」

祈るように胸元で両手を重ねる咲奈を振り返り、手を伸ばす。

「ぷ、お姉ちゃんはお姫様って柄じゃないわよ。でも、そうね、助け出してみせるわ」

咲奈は意を決してその手を取り、駿は彼女を引き寄せた。

冷ややかな風を受けて通路を進む。三人分の足音はやけに明瞭に響く。階段を下り切り、開けた暗闇へ踏み込んだ瞬間――スポットライトが当てられた。

主役の登場だと言わんばかりの歓迎に、三人は思わず両手で顔を覆う。

「いらっしゃい――咲奈ちゃんに用はなかったんだけど、来ちゃったなら仕方ないね」

もう一つのスポットライトの先、キリングバイトのフィールドの中心には、咲奈と同じ色の瞳を湛《たた》えた栗色《くりいろ》の髪の少女がいた。名乗らずとも、咲奈の反応を見れば彼女が誰であるかの予測はついていて、咲奈の一言でそれは確信と変わる。

「おねえ……ちゃん？」

こうして、咲奈は最愛の姉との再会を果たす。

咲奈が求めていた少女、姉の萌葱那奈はフィールドの真ん中で両手を広げ、待ちくたびれたと駿たちを迎え入れるのだった。

◇

咲奈は感極まって走り出し、二段飛ばしで観客席を降りて那奈の下まで駆け寄った。

ずっと連絡の取れなかった姉が目の前に、触れられる距離にいる。そのことがたまらなく嬉しく、生きていてくれたことに深く安堵した。

「お姉ちゃん！　久しぶり！　どうして連絡してくれなかったのよ！」

しかし、当の那奈の様子は冷え切ったものだった。

「え？　連絡する必要あるのかな？　話すこともないし……ていうか、なんでここまで来たの？」

「なんでって……ただ、心配で。お姉ちゃん……どうしたの？」

那奈のらしくない言動に、咲奈は少し距離を取る。

記憶の中の姉の姿と目の前の少女が重ならず、咲奈は戸惑いに顔を歪《ゆが》ませる。

「もしかして、オラクルって組織のせい？　お姉ちゃんが言ってた実験のせいなの？　何があったの？　ねえ！」

「ちょっとちょっと、一人で盛り上がらないでよ。別に何もないよ？　普通のお姉ちゃんだよ」

「嘘よ！　お姉ちゃんは私にそんな冷たい目を向けないもの！」

「咲奈ちゃんってそんなにお姉ちゃんっ子だったっけ？　人は変わるんだよ。咲奈ちゃんより大事なものができたってそれだけ」

「そんなわけない……いきなり連絡が途絶えて、そんなことありえない！」

「もう、人の話はちゃんと聞こうよ。思い込みが激しくって困っちゃうなあ」

那奈は呆れたように咲奈を見て、やれやれと頭《かぶり》を振る。

よく目を凝らして周りを見ると、那奈以外に十数人の人がいることがわかった。腰元のデッキホルダーを見るに、その全員がプレイヤーだろう。

「そもそも、私咲奈ちゃんにあんまり興味ないよ？　あくまで狙いはそっちの子」

那奈は駿《しゅん》とミラティアに視線を向けてほくそ笑む。

「咲奈、とりあえず下がってろ」

咲奈の隣まで来た駿は、視線で他のプレイヤーを牽制《けんせい》しながら前に出る。

「で、でもお姉ちゃんが……」

「はあ、利用できるからって呼んだみたいだけど、それ以上に鬱陶しいなあ」

那奈は懐から刃渡り十センチ程度のナイフを取り出した。たかがナイフ。ただ、それは確実に人一人の命を奪うのに足りうる得物だった。

「私知ってるよ！　お姉ちゃんは無理やり言うこと聞かされてるんだって！　そうしなきゃいけない理由があるんだって！」

「ああ、もう。ほんっとうにめんどくさい」

那奈は握手をするような自然な動作で咲奈に歩み寄る。惰性で、面倒くさそうにナイフをもたげて咲奈に突き刺――せなかった。

すんでのところで滑り込んだ駿がそのナイフを摑《つか》んだのだ。

「駿……？」

彼の左手から鮮血が漏れる。腕をつたい、肘から滴り落ちて小さな血だまりができた。

それでも彼はナイフを放そうとせず、痛がる素振りも見せず、那奈に睨《にら》みを利かせた。

「お前、咲奈のお姉ちゃんじゃないのか？」

「お姉ちゃんだけど？　それがどうしたの？」

きょとんと首を傾《かし》げる那奈を見て、駿はナイフを更に強く握りこんだ。

鮮血が散り、駿の頰が真っ赤に上塗りされる。

「妹に向かってナイフなんて冗談でも向けるもんじゃねえぞ」

「冗談じゃないよ？　それならいいかな？」

「いいわけ――――ッ!?」

ナイフを奪い取り、駿はそのまま那奈の首元を摑もうと詰め寄るも――真横から迫る炎球を視界の端に捉え、慌てて咲奈を抱えて後退する。

「おいおい、女の子に対する言葉遣いにしちゃあ荒いじゃねえの」

聞き覚えのある芝居めかした太い声に、駿が眉を顰《ひそ》める。

フルハンド。先日キリングバイトを訪れた際に対したプレイヤーだった。

「なんだ、やっぱお前は黒か」

「は、あァ？　ああ、お前は……そうだな。久しぶりじゃねえか」

要領を得ないフルハンドの返事。よく見ると、他のプレイヤーの動きも不自然だ。光を失った泥のような瞳。心ここに在らずと言った様子で、ただ駿を恨めしそうに見つめている。

「ああ、いいや。そういう、ね」

それを見て、駿は得心がいったように一人で頷《うなず》くと数枚のカードを取り出して構える。

「桐谷《きりや》駿くん。君が［恋人］の所有権を手放してくれるというなら、このまま咲奈《さな》ちゃんと一緒に無事に帰してあげるけど、どうする？」

那奈は咲奈のことなど端《はな》から眼中になく、駿の隣でブルートパーズの髪を揺らす少女を見てにやりと笑う。駿の答えなど知ったうえで、煽《あお》るようにナイフの切っ先をミラティアに向けた。

「断るに決まってんだろ。狙いはミラか。なるほど、それなら大体予想通りだな」

「え～？　負け惜しみにしか聞こえなーい」

那奈はナイフを放り投げて、デッキホルダーからカードを取り出す。

遠くの地面で乾いた金属音が響いた。

「ま、元々力ずくで奪うつもりだったからいいんだけどさ。君、今自分が立ってる一歩後ろが断崖絶壁だって気づいてないでしょ？」

「その言葉、そっくりそのまま返してやるよ。お姉ちゃん？」

◇

プレイヤーたちは、駿とミラティア、咲奈を囲むようにじりじりと距離を詰める。

「咲奈、下がってろよ」

「待って、お姉ちゃん！　どうして!?　なんでこんな……」

咲奈をなだめる駿の腕から乗り出して、那奈に手を伸ばす。

那奈は汚らわしいと言わんばかりに侮蔑を向け、鼻で笑う。

「もう咲奈ちゃんの出番はないよ。とっとと消えてよ。尻尾巻いて逃げ出したらわざわざ追いかけないからさあ！」

那奈はカードを引き抜き、他のプレイヤーも同様にプレッシャーをかける。

「ち──っ、おい！　いけるよな」

「ん、がってんしょうち」

有象無象など勘定に入れてやらない。

こちらにはミラティアがいる。集団戦など望むところだ。

「はーい、駿くんが私に勝てない理由一つ目」

那奈《なな》はカードを指で挟んで、ミラティアを指し示し、ニヤリと笑う。

息を呑《の》む。甲高い耳鳴り音が響いた。

続く眩《まばゆ》い発光。那奈の指の間から漏れるは虹色の光。

「————ッ!?」

「狙いは言ったよね？　なんの対策もしてないと思った？　あなたは頼みの［恋人］を使えませーん！」

虹の光が集約するは駿のすぐ隣、ミラティアの頭上だった。

「う、ぁ……シュン」

重なり合い、結ばれ、紡がれ、それは天使の輪のようにミラティアの頭上に顕現した。

赤黒く輝く茨の冠。イエス・キリストが被《かぶ》ったような刺々《とげとげ》しく、更に禍々《まがまが》しい血色の冠。

「【血色の罪―ステファノス】!?　は……そんなカード持ってるわけ」

ここで初めて駿の表情にも陰りが差した。

それほどありえない一枚だった。それこそ伝説級の、幻のカードだ。

「あるんだよなあ、それが。一枚で戦況を決定づけちゃうような切り札がさ！」

「シュン……ごめん。力が使えない」

アームドスペルL【血色の罪―ステファノス】

対象のライフのスキルを封じ、筋力等のステータスを人類の平均値へ落とす。そして何よりも恐ろしいのが、このカードの効果はその他全てのルールより優先されるということ。

つまり、那奈の意志以外でこの封印を解除することは敵《かな》わない。

「さあ、［恋人］ちゃんは渡してもらうよ。［世界］のために、彼女が必要なの」

「世界？　何を言って……」

「ああ、本当に知らないんだ。だったら、そのまま死んじゃいなよ」

那奈が一枚のスペルを発動──とともに鳴動。

天使の翼が、那奈の背中から顕現する。

二対のそれが淡い光を帯び、瞬間、駿の下へ光の柱が立った。

SSRベーシックスペル【降臨天啓─エンジェルシュート】

それは万物を分解する絶対正義の光柱。あらゆるスペル、スキル及び、ライフステータスの干渉を受けないという特性を持った圧倒的な攻撃手段。

その柱の内側ではこの世の尽《ことごと》くが許されぬ──まさに天罰。

「クソが──ッ」

駿は慌ててミラティアと咲奈を抱え、その場から飛びのいた。体がコンクリートに叩《たた》きつけられ、鈍い衝撃が走る。腕が僅かに光柱に掠《かす》った。抉《えぐ》れて生々しい肉が露出する。その後からじわりじわと鮮血が溢《あふ》れ、実感として痛みがやってくる。

「シュン……ごめ……わたし……」

「問題ねえ。こんなん屁《へ》でもねえよ」

口ではそう言いつつ、彼の言葉からはいつもの余裕が感じられなかった。ミラティアは己の無力さに俯《うつむ》き、咲奈は変わり果てた姉を見て涙を堪《こら》える。

「おー！　すごい、生きてるね」

この場でにこやかなのは、那奈たった一人。

この絶望的な状況で、力の差は更に開くこととなる。

那奈の指先が光を帯びる。そして、今発動したスペルカードが、その形を取り戻す様に再構築された。時間が戻されたように【降臨天啓―エンジェルシュート】は再び彼女の手の中に収まった。

しかし、那奈にスペルやスキルを使った素振りは一切なかった。

それが表している事実はたった一つ――。

「――プレイヤースキルッッ!?」

咲奈の話を聞いて、夜帳《とばり》から受け取った資料を見て持っているとは思っていたが、実際目の当たりにすると臆さずにはいられない。

駿には馴染《なじ》み深い力だ。何せ、駿がセレクタークラスにて受けた人体実験はそれに関するものだったのだから。カードの力をプレイヤーに埋め込む、そのための実験。

「すごーい！　知ってたんだ。《手札蘇生《クロノマテリア》》。私のカードは何度でも蘇《よみがえ》る」

那奈は、これが君が私に勝てない理由の二つ目ね、と得意気に二本目の指を立てる。

「好き好んで体をいじられるやつの気持ちはわかんねえけど、厄介なのには違いねえな」

「はあ？　何言ってるの？　私はプレイヤーとしてもあなたの一段階上にいるの！　一対一だって勝てっこない！　早く諦めてよこしなよ、その［恋人］を」

「誰がやるかよ。あんまデカい口叩くと、やられた時恥ずかしいぞ」

「え？　それあなたの話？　とにかく、もう一発あるってことを忘れないでね」

那奈は見せびらかすように、指で挟んだ【降臨天啓―エンジェルシュート】に口づけをした。

那奈を守るように広がり、駿を囲むプレイヤーたちは強がる彼を見て意地悪く笑った。

「妹のおもりをしてくれたお礼に遊んであげる。おいで――踊れよ、桐谷駿」

いつ飛んでくるかわからない絶対正義の光柱。

敵は十人を超えるプレイヤー。

ミラティアの能力は封じられ、駿は二人を守りながら戦わなくてはならない。

ひと目でわかる絶望的な状況で――駿は初めて弱音をこぼした。

「これは……ちとまずいな」

◇

眩い閃光《せんこう》が駿の周りを飛び交う。

鮮やかなそれらは一つ一つが、彼の命を奪いうる一撃。

空を焼いて火球が迫り、それを避けた先の地面から岩槍《がんそう》が突き出る。息を吐《つ》く暇もない。

矢継ぎ早に発動されるスペルに、駿《しゅん》は攻勢に出られない。

それでも、十数名のプレイヤーは駿一人へ向けて、攻撃の手を緩めない。数の利を生かして、命を削り続ける。銀剣を閃《ひらめ》かせ、鋭い牙を持った猛獣のライフを召喚し、鉄槍の雨を降らす。

対して、駿には攻勢に出るためにカードを切る暇がない。

手にしたアブディエルで最低限の対処をし、後は気合で回避を試みるしかなかった。

「あが――ッ」

鋼の刃が太ももを掠り、鮮血が散る。

【フィジカルアップ】の身体強化と、【外装骨格】の鎧《よろい》をもってしても、この数を相手取って無傷ではいられない。時間が経《た》てば経つ程、駿の勝ちは薄くなる。生傷は増え、体力は削られる。

「諦めなよ、無理だって。勝てないよ」

「そうだぜ。お前を倒さなきゃいけないからさ、俺たち。倒さなきゃ？　なあ！」

空が細く鳴く。頭上に雷鳴が轟《とどろ》いた。身を投げ出そうとして、駿は自身の脚が埋もれていることに気付いた。泥沼のように蠢《うごめ》く地面にハマり、膝までが深く沈む。

「クソが――ッ」

同時に狼《おおかみ》型のライフが駿を襲う。駿はそれを手にしたアブディエルで切り裂き、迫りくる雷に対して、スペルを以《も》って限定的な防御壁を張る。牽制《けんせい》のために広範囲の攻撃スペルを打ち出し、無理やり泥沼から抜け出した。

息が荒く、体が熱い。全身が痛む。鋭く、時には鈍く、重く、痛い。

「あのライフの所有権を解除して逃げちゃいなよー」

「このままだと苦しいよ？　痛いよ？　そんなに頑張らないでよ」

流れ弾や駿の攻撃により多少数は減ったはずだが、それでも片手で数えきれないほどには残っている。つまり、相手は低く見積もっても後三十枚はカードを使える。

「バカが。男の子は意地とかプライドで生きてんだよ。女の子の前で逃げ出したらカッコ悪いだろうが」

駿は一振りの剣を中心に、なんとかここまで切り抜けてきた。ミラティアのパッシブ、ユニティの効果で同種族、つまり精霊種以外のライフは使えないから、やはりどうしても己の身一つで戦うしかない。

今までいかにミラティアに頼って来ていたか実感する。ブラックドッグ、プリテンダーとの戦いでも、どうしようもなくなれば最悪ミラティアがいると心のどこかで思っていた。

「何それ。今の自分鏡で見てみなよ！　十分カッコ悪いっつぅの」

それを聞いたプレイヤーたちが駿を嘲る。

情けないと、無力だと、いい気になって嗤《わら》うのだ。

「わりぃな。こちとら可愛《かわい》い可愛い同居人のおかげで自己肯定感爆上がりなんだわ」

血が足りない。肩で息をする駿はふらふらと体を揺らす。ただ、瞳だけは肉食獣のように爛々《らんらん》と輝いていて、首を掻《か》っ切るジェスチャーで有象無象のプレイヤーを挑発する。

「おいおい、俺らの気分一つでお前は死ぬかもしれねえんだぜ？」

「キメエんだよ、死にぞこないがッッ」

「喰《く》らいつくしてミンチにしてやらァ！」

息つく間もなく、十数メートルはあろう巨大なヘビが大口を開けて駿へ殺到した。

「はっ、ねえなあ！　品性が！」

駿はそれに対してアブディエルを振るう。

万物を隔てる能力を以って、巨大なヘビが一刀両断された――その開けた視界の先、そこから時間差で打ち出された複数のスペルが迫る。

「――――ッ!?」

黒鉄の矢を切り裂き、水弾を剣の腹で弾《はじ》く、迫り来る烈風の砲弾は——止めきれなかった。じわりと手に汗が滲《にじ》む。衝撃に備え腕に力を入れる。

「が——ぁ」

アブディエルの上から、それすらも飲み込んで駿に鋭い風が叩きつけられた。

腕を斬り裂かれ、腹を叩かれて吹き飛ばされた駿は、ゴムボールのように地面をバウンドし、やがて壁にぶつかって止まる。

「シュン！」

今にも泣き出しそうな顔で、ミラティアは駿に駆け寄る。

駿はそんな彼女を制止すると、壁に体を預けながらなんとか立ち上がった。床と、壁にもべっとりと血が付いていて、彼の身体《からだ》で無事なところを探す方が大変な有様だった。

「あはっ、ついに私の出番もなかったね」

那奈は警戒しすぎちゃったかな、と余裕の笑みを浮かべる。

駿は無言で一枚のカードを発動する。

ＳＲベーシックスペル【パナケイアの恩寵《おんちょう》】

傷を癒し、血を補充し、疲労を回復させる貴重な回復薬だ。

全快とは言わずとも、これでまだ舞える。

「はい、それで十枚目ね。もう、終わりだよ——桐谷《きりや》駿くん」

だが、那奈《なな》はそれを見て、勝ちを確信したようで薄汚い駿を見下ろし、嗤った。

上でのブラックドッグ、プリテンダー戦から数えて、十枚目のカード。

「終わらねえよ、こっからはそろそろ俺らのターンだぞ」

アブディエルで騙《だま》し騙し戦ってきたが、ついにその一枚を使ってしまったのだった。

◇

ミラティアと自分を守りながら大勢のプレイヤーを相手取る駿を見て、咲奈《さな》は心を痛ませる。彼は傷だらけで、箸で突けば倒れてしまいそうなほどだ。

「ねえ！　もういいでしょ！　早く！　早く助けなさいよ！」

咲奈は目端に涙を浮かべ、耐えられないと慟哭《どうこく》する。

「約束したでしょ!?　ここへ来たとき、ミラちゃんを連れ出せばお姉ちゃんを助けてくれるって！　ねえ！　どうにかしなさいよ！」

那奈の姿を見たと偽って路地裏へ駆けこんだのはついさっきのこと。

本当の敵がどこにいるのか、ミラティアが能力を使えない本当の理由も咲奈だけは知っている。他の何を犠牲にしても那奈を助けると、そのためにここまで来たのだと己を奮い立たせた。駿にどれだけ迷惑をかけても、嫌われてもいいとそう思ってこの選択をした。

最善を選んで今ここにいるのだ。

だが、咲奈の叫びに答える声はなかった。

「なんだ、咲奈。お前はそんな甘言を簡単に信じたのか」

以前キリングバイトを訪れた時に、咲奈が持ちかけられた取引のこと。

咲奈がそれに対して、どんな答えを出したのかも駿は理解していた。

「しゅ、駿……私は……ッ」

「お前が選んだんだろ。そんな顔すんじゃねえよ。お前はお姉ちゃんのために不正渡航までしてここまで来たんだろうが」

「でも……っ、それでも、私、あなたのこと傷つけたくなんてなかったわ！　こんな……こんなことになるならもっと別の……」

「ばーか。一から十まで全部予定通りだっつぅの」

悲痛に声を絞り出す咲奈を見て、額の血を拭った駿は、へらへらと笑って見せる。

決して絶望する状況なんかじゃないと、意地悪く笑って、諦めた様子など一切見せない。

「駿……違うの、ミラちゃんが……ミラちゃんは！」

駿の背後、幽鬼のように不自然に体を揺らして迫るミラティアの姿があった。

彼女はまるで駿の命を握り込むように首元へ手を伸ばし――。

「知ってるさ、気づかないわけねえだろ」

――駿は振り返りざまにミラティアの顔面を力強く蹴り上げた。

「がぁ――――っ!?」

避ける間も、ガードをする間もなく直撃。

ミラティアは地面に投げ出され、砂ぼこりを上げて地面を転がった。

「な――――っ!?」

その一連の行動に誰もが驚愕《きょうがく》した。

咲奈は驚いたように目を見開き、那奈もプレイヤーたちも息を呑《の》む。

しかし、咲奈と彼女たちとの反応は同じでも意味合いは全く異なるもの。

「あらあら、いつからバレていたのでしょう？」

ミラティアの姿が歪《ゆが》む。練り直されるように色が、形が塗り替わり、その姿を変える。

本来の姿を晒《さら》し、蹴られた頬を摩《さす》りながら彼女は立ち上がった。

その髪は濃い闇のような黒と、燃えるような赤色のツートンカラー。左右で色の異なる髪は膝元まで伸びていた。纏《まと》うは赤と黒を基調とした王族を思わせるような豪奢《ごうしゃ》なドレス。

紫紺の瞳を妖しく輝かせ、彼女は醜悪に笑った。

「初めからだよ。ミラは俺以外のやつにプリンをあげようとはしない。そもそも、アイツは俺以外の人間の名前なんて覚えてねえよ。まあ、他にも違和感は数えきれないほどあったが、きりがないしこれくらいでいいよな」

ブラックドッグ、プリテンダーとの戦闘後、ミラティアは咲奈にプリンを分けようとした。咲奈のことをしっかりと名前で呼んでいた。

そして、駿はミラティアが入れ替わってから、彼女のことを一度も名前で呼んでいない。

「そうなのね。あなたがそこまであの子に入れ込んでいたなんて」

上での戦闘中。咲奈がミラティアを連れ出した時に、ミラティアを捕らえ、姿を変えてあたかも本人かのように彼女が戻って来た。

【血色の罪—ステファノス】も偽物。それが手に入らなかったから、これほど面倒な手を打ったのだろうが、駿の前でミラティアを偽ろうなど連木で腹を切るようなものだ。

「いやさ、本当はもっと早くにぶん殴ってやりたかったけどさ。段取りとかあるもんなあ。あー、イライラする」

とりあえずミラは返してもらうぞ。そう言って、駿はミラティアの召喚を解除する。ミラティアがどこに捕らわれていようと、プレイヤー権限でカードは手元に持ってくることができる。

「愛されていて羨ましいわ。ミラティアさんは」

「スキル名は《傀儡《かいらい》》。お前は［女帝］だな」

「あらあら、あなたに知って貰《もら》えていたなんて光栄だわ、恋人使い《ファントムラバー》」

夜帳《とばり》が召喚した［審判］と同じ運命シリーズ——その三番。

Ｌ精霊種ライフ——［女帝］ヘレミア。

《傀儡》はその名の通り、精神操作系のスキルで、ヘレミアはその最上位の力を持っている。《傀儡》は時間をかければかけるほど、強く暗示をかけることができるスキルだ。

那奈にはゆっくりと馴染《なじ》ませたのだろう。自分が操られていることさえ疑われないように。それがあたかも当たり前のことだと考えてしまうくらいに執拗《しつよう》に。

比べて、フルハンドなど他のプレイヤーへの《傀儡》は雑なものだった。

大方、駿《しゅん》を迎え撃つためにキリングバイトのメンバーに無理やり力を使ったのだろう。

ヘレミアは一応那奈のライフという扱いだろうが、その主従関係は完全に逆転している。

「狙いはミラ。オラクルの差し金か」

「いいえ。これは私の独断です。オラクルも一枚岩ではないと言いますか、私にも目的がありまして。本当はこんな無茶はするつもりなかったんですよ？　でも、ほら、予想外においしい盤面でしたので、つい」

そう言って、ヘレミアはにっこりと笑った。

偶然プレイヤースキルを持つ那奈を手駒にできた。ミラティアとその所持者の少年の隣には、那奈の妹である咲奈がいた。オラクルが欲しているミラティアを先に手に入れれば、彼らに対して有効な手札となると考えたのだ。

「簡単に手に入っちゃいそうなので、拾っておこうと思ったんです」

「そか。じゃあ、一応オラクルのメンバーではあるんだな。いろいろ話が聞けそうで安心したわ」

「ぷ……くふふふ、あはははははははははははははははは――ッ」

突然、堪《こら》えきれずにヘレミアは高笑いを始めた。

薄暗いキリングバイトの地下空間で、彼女の笑い声だけが響く。

「何がおかしい」

「強いて言うなら全部ですかね。だって、あなた。勝ち誇ったように得意気なんですもの。状況は理解できているのかしら。私が偽者だとわかったところで、何も変わらないんですよ？　［女帝］である私。プレイヤースキルを持った那奈さん。その他十人弱のプレイヤーに囲まれてあなたは満身創痍《まんしんそうい》。萌葱《もえぎ》咲奈というお荷物まで抱えて何ができるのか本当に楽しみ☆」

「はあ、それだけか？」

指折りで駿の不利を語って聞かせるヘレミア。しかし、駿は呆《あき》れたように嘆息した。

「あなたは萌葱咲奈に裏切られました。その時点で勝ちはなかったんですよ。恋人がいなければ、あなたはただのプレイヤー。愚かですね、あなたも、萌葱咲奈も」

「――――ッ!?」

咲奈は息を呑んで、今にも泣きだしそうな目でヘレミアを睨《にら》みつける。

どう考えても正気ではない姉の那奈はヘレミアの手の中。彼女の中に那奈を解放するなんて選択肢は初めからなかったのだろう。この島で咲奈はどうしようもなく無力だった。

「私、驚いちゃいました。あんなに雑な誘いに乗って来る人がいるなんて。咲奈さんは、変な壺《つぼ》を買わされないように気を付けた方がいいですよ？」

「あんたは……なんで……ッ」

「んー？　冷静に考えてみればわかることです。私に那奈さんを解放するメリットはありません。そして、あなたに協力を持ちかけるデメリットもありません。桐谷駿の隣にいた子が、那奈さんの妹があなたみたいなのでよかった」

両手を合わせてルンルンの笑みを浮かべるヘレミア。

咲奈は何も言えず、拳を握って肩を震わせていた。

「ああ、可哀想《かわいそう》。あなたのせいで、桐谷駿は恋人を失い、萌葱那奈は一生私の傀儡になるんです。どうですか？　悔しい？　哀《かな》しい？　ねえ、あなたが今どう思っているか私はとても興味があるわあ！」

咲奈は俯《うつむ》き、肩を震わせている。

目端に涙を浮かべ、泣き出しそうに――と思ったが、それは違った。

「くぅ……ふ、ふふ、はは……あははは！　ねえ！　聞いて駿！　こいつ、私がどう思ってるか興味あるって！　あっはは、そんなの決まってるじゃない！　こいつマジでばっかだなあって思ってるわよ！」

　咲奈は堪えきれないと、腹を抱えて笑い出したのだ。

　ヘレミアを指さして、駿を振り返り大口を開けて笑う。

「おい、咲奈……」

「あらあら、壊れちゃったのかしら？」

　ヘレミアは理解不能だと眉を顰《ひそ》め、駿は呆れたように息を吐いた。

「あんたは騙されたのが自分の方かもしれないって一度も疑わなかったの？　あんな交渉に私が乗ると本気で思ってた？　どんだけバカだと思われてるのよ」

　ヘレミアの張り付いたような笑顔に、一瞬不快感が滲《にじ》む。

「そういう割には直前まで悩んでたみたいだったけどな」

「う、うるさいわね！　あんたは余計なこと言わないでいいの！　とーにーかーく！　あんたの考えなんてこっちは全部お見通しだって言ってんのよ、ヘレミア！」

　ふふんと人差し指を突き付けて粋がる咲奈。

　彼女の言葉の根拠。その話は、夜帳の下を訪れ、このキリングバイトのフィールドへ向かうためのバスへ乗っている時まで遡る――。

◇

「駿、あなたに言っておかなきゃいけないことがあるの」

「なあ、咲奈《さな》。お前に話しておくことがあるんだ」

顔を見合わせた二人は同時に言葉を発する。

「先にどうぞ。なんだ、話って」

なんだか気恥ずかしくて窓の外に視線をやって、ぶっきらぼうに言った。

それを駿に伝える決心がついたところで出鼻をくじかれた咲奈は、再び少しの逡巡《しゅんじゅん》をして、申し訳なさそうに口を開く。駿になんと言われるか不安で、彼の方を見ることができないまま、たどたどしく言葉を紡ぐ。

「あの、その……私、お姉ちゃんを助けるためにあんたを裏切ろうかな、なんて考えてたの……」

「へえ？」

咲奈の言葉に強く反応を示したのは、駿ではなく隣のミラティアだった。

普段のぼうっとした瞳を妖しく輝かせて、咲奈を射貫《いぬ》く。

「ち、違うのよ！　その気はないし、だから話すというか……どうしようって相談というか……その、この前キリングバイトへ行ったときのことなんだけど――」

咲奈はキリングバイトでトイレに行った際に、不気味な女性に話しかけられたことを話した。

彼女が那奈《なな》を捕らえていると言ったこと。那奈を解放する条件として、再びキリングバイトを訪れた際には、駿からミラティアを引き剝がしてくれと頼まれたこと。

そして、それに対して咲奈が考えさせてほしいと答えを保留にしたこと。

「なるほど、あの時のライフか。となると、夜帳の話の信憑《しんぴょう》性《せい》も上がったな。なぜ、俺らがキリングバイトに戻ることをそいつが知ってるかは問い詰めてやりてえが」

那奈を捕らえていると言ったそのライフがいたのはキリングバイトの場だ。那奈はオラクルでプレイヤースキルの実験を受けていて、そのオラクルはキリングバイトと協力関係にある。咲奈の今の話は、それらの繫《つな》がりをより確かなものへと確信させるものだった。

「顔とか、他に特徴はないのか？」

「ローブを深く被《かぶ》っていたし……なんだかうまく思い出せないの」

「認識阻害か……？　人型のライフなんて他にもいるが、ミラを狙ったとなると色々疑いたくなるよなあ」

「どうすればいいかしら？」

「どうって……あー、なあ」

「私はお姉ちゃんを助けるためにこの島に来た。その目的は変わっていないし、諦めるつもりもない。それでもこの話をしたのは、あいつの話に乗るより、駿を頼った方が確実だと、あんたならどうにかしてくれるって思ったからよ」

　駿のことは今でもいけ好かないやつだと思ってる。何かと小馬鹿にしてくるし、冷たいし、不愛想だし。でも、彼にも守りたいものがあって、取り戻したいものがあるのだと知った。そして何より、彼の実力だけは疑っていないのだ。

「この短い付き合いで何言ってるんだって思われるかもしれないけど、あんたのこと信じてるから。私のこと、助けてよ」

　咲奈の真剣な眼差《まなざ》しを受けて、駿は驚いたように呆《ほう》けていた。

　裏切りを提案したことにしろ、駿に助けを乞う方法にしろ、こんなにも捻《ひね》りなく真《ま》っ直《す》ぐ来られるとは思っていなかった。裏をかいたり、交換条件を提示したり、都合の悪いところを隠したり、もっとあるだろう。でも、咲奈はそうしなかった。

　全てを話してただ一言、助けて、とそう言うのだ。

「くっく、ふ、ははは――っ」

　それがなんだかとても咲奈らしくて、駿は思わず笑ってしまった。

「な、そこ笑うとこ!?　私とっても真剣なんだけどっ!?」

「わりぃ、わりぃ。咲奈ってやっぱバカだなって思ってさ」

「笑顔でディスられた!?　誰がバカよ！」

「いや、今回のはいい意味でだ」

「あんた、それ何を言っても許される魔法の言葉じゃないからね!?」

さっきまでのしおらしい態度はどこへやら。咲奈はぷんすかぷんと頬を膨らませている。

「オーケー、咲奈。ここまで言われちゃ仕方ねえ。助けてやるよ、お前も、お前の姉ちゃんも。お前のおかげで凜音《りんね》に近づけたことだし、その分は返してやる」

「本当に!?」

「ああ。とりあえず咲奈は俺を裏切ったふりをしてくれ。ミラも俺から離してくれてい い」

「え? それで大丈夫なの?」

「ああ、こっちにも切り札があるんだ。それに、自分が騙《だま》してる側だと思い込んでるやつが一番手玉に取りやすいからなァ」

駿はクックク、と意地の悪い笑みを浮かべる。

それを見て、咲奈は若干引いていた。

「うっわ、悪い顔してるわね……」

◇

「へえ、私のことを桐谷駿《きりや》に報告し、狙いを看破したとして。なぜ恋人を守らなかったのか理解に苦しみますねぇ。あなたの下にミラティアがいたなら、ここまで無駄に血を流すこともなかったでしょうに」

ヘレミアは咲奈の話を聞いても、聞いたからこそ、彼らの行動が理解できないと首をひねる。駿《しゅん》は事前にそれを知っていながらなぜ、対策しなかったのか、と。

「その必要がねえからだよ。咲奈のことだって、撒《ま》いたエサの一つってだけだろ？　上手《うま》くいけばよし。そうじゃなければ、別プランがある。だったら、お前の行動がわかってた方がやりやすい」

「それで恋人と離れることになっても？」

「その程度でミラが俺の下を離れるなんて不可能だからだ」

口元に手を当て嘲るヘレミアと、鋭く瞳を細める駿。

両者とも己の勝ちを確信して疑っていない。そんな顔つきだった。

「あなたは既に十枚のカードを使い切っています。ここから、何ができると言うのでしょう。たとえカードの使用可能枠が残っていたとしても、ルールがある限り頼みの綱のミラティアも呼べない」

一度解除したカードを再使用するためには、二十四時間のクールタイムを要する。

これがプレイヤーのルールの一つであり、よってミラティアの再召喚は不可能。

そして、駿にはミラティア以外に呼べるライフはいない。

「大人しく降参してください？　私の目的はミラティア。萌葱咲奈も萌葱那奈もどうだっていい。ただ、一枚のカードを手に入れるためにあなたを呼んで、力を削《そ》いで、ミラティアを無力化しました。だからミラティアの所有権を解除すると言うなら、あなたたち三人を無事に帰してあげると約束しましょう。どうかしら？　優しいと思わない？」

咲奈と出会った時に遠距離からスペルを打ち込んできたプレイヤーもヘレミアの差し金だったのだろう。彼女の一連の行動は、全てミラティアを手に入れるためのものだった。

「ペラペラとよく喋《しゃべ》るなァ、ヘレミア。まあ、高笑いしたくなる気持ちもわかるけどよ、状況わかってねえのはテメエのほうだぞ」

「わあ、まだそんな口を利けるのですね。使ったカードの枚数を数え間違えちゃったかしら」

ヘレミアは那奈に視線を送り、カードを使わせる。

それは確実に駿を戦闘不能に追い込むための一撃。

那奈は銀のエフェクトを散らし、魂すら焼き尽くす地獄の業火を顕現させた。

「まだとっておきのカードでもある？　試してみましょうか、桐谷駿」

それでも駿の表情が一片も曇ることはない。

祈るように腕をもたげ、虹色の枠が輝く一枚のカードを掲げる。

「あるさ。ずっと隣に——切り札は変わらねえ、俺の恋人だけだ」

指に挟まれたそのカードは、淡い光を帯び主《あるじ》にその存在を証明する。

「どうして……っ!?　あなたはさっき解除をしたはずなのに」

疑義。驚愕《きょうがく》。それは確信へと変わる。

那奈によって顕現された火炎が駿へ向けて打ち出され――しかし、眩《まばゆ》いばかりの虹色の輝きがそれをかき消して現れた。

「来いよ、俺の手を取れ――［恋人］ミラティア!!」

［審判］ザフール、［女帝］ヘレミア同様の運命シリーズ――その六番。

焔《ほのお》をかき消した虹の彩光が散り、踊り、降りる。

それが形成するのは完璧に調和のとれた愛らしい人型。

ブルートパーズの髪にリボンを揺らし、白い手足を伸ばして彼女は降り立った。

「ん！　シュンのわたし。さんじょう」

L精霊種ライフ【［恋人］ミラティア】――ここに顕現。

◇

「十枚の発動可能枠使って、ミラティアの解除もした。召喚できるはずがない!!」

「自分らだけが特別だと思ったかァ？　笑えるなあ、二番煎じが！」

駿は舌なめずりをして、意気揚々と言い放つ。

「《限定解除《リミテッドアンロック》》。俺はスペル&ライフズにおける時間的制約を受けない。お前のお気に入り、萌葱《もえぎ》那奈の第二世代とは違う、これが原点のプレイヤースキルだ」

例えば、一度解除したカードの再発動には二十四時間を要するルール。

これは駿には適用されない。

例えば、カードに所有権を刻むためには二十四時間を要するルール。

これも駿には適用されない。

そして、プレイヤーが一日に使えるカード枚数が十枚であるルール。

とある研究所の論文の言葉を借り、より定義づけた言い方をすると、プレイヤーは元々カード一枚を発動する権利を十個と、二十四時間ごとにカードを発動できる権利を回復する力を持っている。

駿はプレイヤースキルにより、二十四時間経《た》たずともカードを発動する権利が回復するため、この制約も受けない。

アセンブリデッキへの干渉はできないため、ドロー権の回復は不可能であるものの、よって、桐谷駿が一日に発動できるカードの理論上の枚数は無限となる。

「そんな……そんなことが許されていい訳がないでしょう!?」

「許されていいわけがない？　それはあなた。シュンを傷つけた。それはなにがあっても許さない、よ？」

ミラティアは首を傾け、ルビーの瞳を揺らして底なしの殺意を漏らす。

駿の下へ帰ってきたら、彼は数えきれないほどの傷を負っていた。

それは何があっても絶対に許されてはいけないことだ。

「…………っ、少々取り乱してしまいましたが、それでも私の有利には変わりありません。ミラティアが帰ってきたところで、あなたに負ける要素なんて一つもないわ！」

十人弱のプレイヤーがカードを構え、駿を囲む。その中には那奈《なな》の姿もあった。

気を抜けば、《手札蘇生《クロノマテリア》》で取り戻した絶対正義の光柱が降り注ぐ。

それでも、ミラティアを取り戻した駿には敗北の未来なんて過《よぎ》りもしなかった。

隣に彼女がいれば負ける気なんて起きようがなく、自分は無敵だと思えた。

「いけるな？　相棒」

「ん！　シュンのためならこの世のすべてをあざむいてみせる」

ポンとミラティアの頭に手を置く駿。

ミラティアは当たり前だと首肯し、力強く応えた。

「殺さなければ何をしてもいいわ。手足捥《も》いででも私の前に連れて来なさい」

ヘレミアの号令に、操られたプレイヤーはカードを構え、発動する。

コンクリートをも切り裂く風刃が駿を襲うが――すり抜けた。

手ごたえは一切なく、風刃は観客席に炸裂《さくれつ》し、粉塵《ふんじん》が上がる。

「どこ狙ってんだ？」

「く――がぁ」

駿はそのスペルを発動したプレイヤーの真後ろから姿を現す。

ミラティアの《幻惑》は既に発動していた。彼が狙った駿は《幻惑》で創り出した偽者で、本物の駿は持ち直したアブディエルの柄《つか》で彼女を殴り倒した。

「ちょこまかと――ッ」

駿を狙い、更にスペルが放たれる。

しかし、駿はミラティアと共に《幻惑》で景色に紛れ、その姿を隠す。

「さて、一掃してやるか」

咲奈《さな》を背に守るように距離を取り、駿は一枚のスペルカードを掲げた。

ＳＲベーシックスペル【多連兵装ラッシュドライブ】

地下空間の天井に、岩石を内に秘めた星の数ほどの炎弾が煌《きら》めいた。それはプレイヤーたち、加えてヘレミアを巻き込み爆裂――しなかった。

「――なんてな」

取り出したカードからの全てが《幻惑》による偽物だ。

駿は彼らが怯《ひる》む隙に地を蹴り、距離を詰める。肉弾戦なら、カードに頼りきりの他プレイヤーに後れを取ることはない。駿はその拳を以《も》って確実に意識を刈り取っていく。

「舐《な》めるな！」

一人のプレイヤーがアームドスペルで刀を顕現させ、突進してくる。

それに向かって、駿はスペルにて水弾を打ち出した。

「どうせこれも偽物――がぁ!?」

水弾は彼女を正面から捉え、撃ち抜いた。

「残念、それは本物だ」

ミラティアが現れてから、戦況は一変した。

《幻惑》を交えたスペルの攻撃に、ヘレミアたちは見事に翻弄されていた。

当のミラティアは姿を現さず、駿は《限定解除《リミテッドアンロック》》により無尽蔵のカードを惜しみなく使ってくる。

「慌てなくていいわぁ！　彼とは距離を取って。相手は生身の人間。ユニティがある限り、彼にライフの召喚は不可能。ライフ主体で攻めれば確実に潰せるわ。手加減が難しいけれど、潰れちゃったら、その時ね」

ヘレミアの一声で、プレイヤーは次々とライフを召喚する。

R幻獣種【垂涎《すいぜん》するケルベロス】、R死屍《しし》種【スカルサーペント】、SR死霊種【灼熱《しゃくねつ》の怨嗟《えんさ》―黒騎士】、SR獣種【炎髭《えんし》の獅子《しし》】。

召喚されたライフは駿を唯一の敵と見定め、咆哮《ほうこう》する。

「それに、プレイヤースキルはこっちにもあるわ」

ヘレミアに操られている那奈が掲げるのは、先ほど再構築した【降臨天啓―エンジェルシュート】だった。

それを見て、駿は《幻惑》で素早く己の身を隠す。

いくら圧倒的な破壊力を持つ天罰の如《ごと》き一撃だろうが、当たらなければ意味はない。

と、急に血の雨――いや、赤のペイントが降り注いだ。

「ち――っ」

それは姿を隠した駿と咲奈、そしてミラティアの位置を特定した。

何もないはずの空間に人型で残る不自然な赤色。その一番小さなシルエット、ミラティアを狙って光柱は立った。

「申しわけないのですが、あなたには退場してもらいますね？　ミラティアさん」

駿は迷わず全力でミラティアの下へ駆けた。体当たりするように突進、彼女を抱き寄せ、その勢いのまま地面に体を投げ出した。左脚の太腿《ふともも》に重く鋭い痛みが走る。

「ぐぅ――ぁ」

削れた。幾らか肉を持っていかれた。ひしゃげたパイプから漏れるように鮮血が溢《あふ》れる。

駿は痛みに歯を食いしばりながら、急いでその場から退避した。

「ヘレミア……ころす、ね？」

ミラティアの怒気を孕《はら》んだ冷えきった声が通る。

赤のペイントも計算して《幻惑》をかけ直し、姿をくらます。

「無駄よ、血の匂いは消せないもの」

ガァァアアル――【炎髭の獅子】が一直線に駿《しゅん》へ猛進する。火の粉を散らして、地面を削り、低く唸《うな》りを上げる。駿の太腿から漏れる大量の血液。その匂いにつられた【炎髭の獅子】は千歯扱《せんばこ》きを思わせる牙を光らせ飛び込む。

「クソが――ッ」

痛みを堪《こら》えて踏み込み、アブディエルで【炎髭の獅子】を裂く。切断されたという結果を残す。太腿が弾《はじ》け、痛みとともに赤が散る。

しかし頭上から迫る【スカルサーペント】まで斬ろうとするには、駿の体は疲弊しすぎていた。体を切り返すための脚には力が入らず、走ることさえままならない。

駿は苦し紛れにスペル【天へ登る蒼雷《そうらい》の龍】を使う。

地面から迸《ほとばし》るように、龍を模《かたど》った蒼《あお》の雷が【スカルサーペント】を飲み込んだ。

スペルを使った、というより使わされてしまった。本当は温存したかった一枚を、適当なライフ一体を倒すのに切らされてしまった。

そして、気づけばライフの数も倍以上に増えていた。

「ふふ、そうですよね。ライフに頼れないあなたは己の身で戦うしかない。そのひ弱な人の体での化け物退治は骨が折れるでしょう？　いくらプレイヤースキルで無限とも思えるスペルを操ることができるといえど、あなたが持っているカードは有限。高レアリティのカードにも限りがある」

ヘレミアの言葉を肯定するように、駿の手からアブディエルが零《こぼ》れる。アブディエルがいきなりその質量を増した。いや、駿の筋力がアブディエルを支えられないほどに落ちたのだ。このタイミングで、【フィジカルアップ】の効果が切れてしまった。

「クソが……っ」

ミラティアの《幻惑》は強力なスキルだ。しかし、攻撃力は皆無だと言っていい。それを補うために、駿は己の身を削って戦ってきた。万物切断の剣にてどんなライフをも切り裂いてきた。

しかし、どれだけ強力な一振りがあろうと、それを操る人間が満足に動けないのであれば宝の持ち腐れに他ならない。手持ちに広範囲攻撃ができるスペルもない。下手にスペルを一枚使おうと隙を見せれば、その間に数枚分のスペルを打ち込まれるだろう。

これまで自分自身で補っていた破壊力が、大勢のプレイヤー、ライフを相手取る攻撃力が今の駿には足りなかった。

「ふふ、大人しくミラティアを渡してくださいませんか？　私には［世界］のカードが必要なんです」

「世界……運命シリーズ最後のカードか？」

「ええ、運命シリーズ二十一番、［世界］。それを手に入れるためには、その他の運命シリーズを全て集める必要がある。だから、あなたの恋人をいただきに来たの」

「はっ、死んでも渡さねえよ。ミラは俺のだ」

「俺の？　ええ、ええ、そうですよね。あなたたちは、そうやって私たちライフを物のように、奴隷のように扱うの。許容できるわけがない。あなたたちプレイヤーより優れた知性と力を持っているというのに、こんな腹立たしいことはないでしょう？　ねえ、ミラティアさんは一度でもそう思ったことはありませんか？」

ネームドライフは人間と同じように意志を持つ。

ミラティアやヘレミアに関しては外見だって人と変わらないどころか、優れていると言ってもいい。それでも、彼女らに人権は認められていない。奴隷のように雑に扱われ、酷《ひど》い扱いを受けているネームドライフがいるのも事実だった。

「？　なにをいっているのかわからない。わたしはシュンのもの」

ただ、それを聞いてもミラティアは意味不明だと首を傾《かし》げるのみだった。

「自由にはなりたくないですか？　［世界］の力があればなんでも願いが叶《かな》うのですよ？」

「どれいとか、恋人とか、あいぼうとか、形なんてどうでもいい。わたしはシュンのことがすきだから、シュンのそばにいるの。シュンだけがわたしにとって意味のあるたった一つだから」

「それは違いますよ、ミラティアさん。私たちはもっと自由になっていいのです。主《あるじ》には逆らえないものね。不満なんて言えるわけがないわよね。だから、私はそれを変えたいの」

「かわいそう。あなたは、きっとわたしにとってのシュンに出会えなかったんだね」

それは敵対心も忖度《そんたく》もなく、ミラティアの心からの言葉だった。

だからこそ、ヘレミアにとっては度し難いものだった。

「ねえ、どうして私が哀れまれているの？　おかしいわよね。哀れなのはプレイヤーの言いなりになってそれでいいって自分に言い聞かせてるあなたの方なのにッッ!!」

那奈の手元には《手札蘇生《クロノマテリア》》によって再構築された【降臨天啓―エンジェルシュート】が収まっていた。駿の足元に残る血痕を確認してから、那奈は三度裁きの光柱を顕現させる。

背から伸びる二対の純白の翼と共に、全てを塗り替える眩《まばゆ》い光が立つ――が、そこに駿とミラティアの姿はなかった。血痕すらも《幻惑》の偽物だ。

「そろそろ見飽きたぞ、それ」

ここは駿が一枚上手だったようで、少し離れた場所から二人は現れた。

削られた左脚を補うように、ミラティアは駿に寄り添って立っている。

「しぶといですね。でも、嫌いじゃありませんよ。だって、楽しみが増えるもの」

「言ってろ、カス」

「最後にもう一度だけ聞いてあげましょう。降参してミラティアを渡す気はありませんか？　絶望的ですよ？　今のあなたの状況」

「その答えはいつどんな状況で何度聞いたところで変わらねえよ。それに、お前は見誤ってる。俺は善意で足手まといを連れてくるほどお人好《ひとよ》しじゃねえぞ」

何を言っているんだ、と眉を顰《ひそ》めるヘレミア。

駿は強張《こわば》った面持ちで拳を握る咲奈に視線を向ける。

歯を食いしばり、しっかりと両の脚で立つ負けず嫌いで姉思いの少女へと。

◇

咲奈はこの島に来てから一番強い毅然《きぜん》たる目をして、那奈《なな》の前に立つ。

那奈は咲奈の姿がまるで視界に入っていないかのように、うつらうつらとしていた。

「ねえ、いつまでそうしてるの？　最愛の妹がわざわざ会いに来たのよ」

那奈にナイフを向けられた時、体が震えた。今も恐怖心は残っている。

でも、それ以上に最愛の妹にナイフを向けるだなんて、那奈が一番辛《つら》いに決まっていると咲奈《さな》は知っている。

「は？　最愛？　何それ。頼んでもないのに余計なことして、ほんと何しに来たの？」

咲奈は那奈に詰め寄り、手を握る。

瞳は鋭く、声色は力強く、しかし、那奈の手を握る手は優しかった。

「休みのたびに本土まで来て、帰る時にはむせび泣いてるような超シスコンなお姉ちゃんが私にそんなこと言うわけないでしょ？　ほら、今ならハグでもなんでも喜んでしてあげるわよ？」

「覚えてないなあ。勝手なこと言わないでくれる？　ていうか、シスコンなのはあなたの方なんじゃない？　咲奈ちゃん」

「そうかもしれないわね。毎日お姉ちゃんから連絡が来てたもんだから、急にぴたりと止《や》んだら少し寂しかった。それでこんなとこまで来ちゃうんだから、お互い様よね」

咲奈を唾棄すべきもののように見る那奈とは対照的に、咲奈は世間話をするように会話を続ける。

「そうかもね、って。何……それ……っ、そんなの咲奈ちゃんじゃない！　褒めたらすぐ調子乗って、いろいろ抜けてるし、いつも詰めが甘いし、結構泣き虫だし！」

「あはは、あんまり否定できないわね。それでいつもお姉ちゃんが助けてくれたの。すごいのよ、私のお姉ちゃん。なんでもできちゃうんだから」

「くぅ……っ、うるさいうるさいうるさい！　お前なんか、お前なんか……っ」

那奈は割れるようにズキズキと痛む額を押さえ、たたらを踏む。

そんな那奈を支えるように距離を詰め、咲奈は優しく微笑《ほほえ》んだ。

「でもね、私も少しだけ強くなったのよ。いけ好かない男と嘘《うそ》みたいなかわいい女の子と出会って、怖い思いもして、ちょっとした冒険だった」

「はぁ？　何を……いぅ……っ」

「お姉ちゃんにも、ここに来てからの私のお話聞いてほしいな」

那奈は更に酷い痛みに頭を抱え、咲奈の手を振りほどく。

そして、僅かに瞳に明かりを灯《とも》して、泣き出しそうな声で音を絞り出した。

「…………咲奈……ちゃん……っ、にげ……」

しかし、そんな一片の希望も許さないと、ヘレミアの不気味な声が降りた。

可能性の一つも与えてやらないと、そんな茶番で正気を取り戻させなどしないと、僅かな光を摘み取るために力を使う。

「何それ、気持ち悪い。絶対に覚まさせやしない、それは私の傀儡《かいらい》だわ！」

ネームドライフにのみ備わっている二十四時間に一度のみ使用可能な特別な力――エクストラスキル。

ヘレミアはエクストラスキル《慈愛ノ理》を那奈へ使用する。

スキル《傀儡》は洗脳にかけた時間によってその効力は左右される。那奈へしたように数週間もかければ、ヘレミアの人形となっていることに本人も違和感がないほどだが、短時間での洗脳では、ちょっとした衝撃で正気を取り戻す可能性があるとともに、傍《はた》から見て様子がおかしいのが一目でわかる。

しかし、《慈愛ノ理》では、そのデメリットを無視して完全催眠状態へ対象を落とすことができる。

「あぁ……く……ぁ」

額を押さえていた那奈は瞳の色を曇らせ、憑《つ》きものが落ちたような晴れやかな顔を浮かべる。軽くなった体を軽快に動かし、咲奈から距離を取ってカードを構えた。

「あーあ、騙《だま》されるとこだった。ねえ、咲奈ちゃん。命懸けの姉妹喧嘩《げんか》しよっかぁ?」

しかし、那奈の頬には涙が伝い、張り付いた笑みは酷く痛々しい。

それを見た咲奈は強く心を奮わせ、一枚のカードを取り出した。

「お姉ちゃん。私、もう守られてるばかりじゃないのよ。今――助けてあげるね」

それは、咲奈が駿からお守りとして貰《もら》ったカード。

指先に挟まれたカードは黄金の光彩を放ち、散り、鋭く舞い上がる。

「な、んで……咲奈ちゃんはプレイヤーじゃないはずなのに!?」

輝く金色は巨大な質量を模《かたど》り、それは食物連鎖の頂上、伝説上の超能の生物として産声を上げた。燃えるような紅の瞳。鋭い刃のような銀光の鱗《うろこ》。天突く巨軀《きょく》が空を割り、大地を震わすほどの鳴動と共に一匹の竜は顕現した。

「さあ、これが初陣ね。派手に行くわよ、イルセイバー!!」

そんな新たな主の号令に応えるように、イルセイバーは轟《とどろ》く。

ネームドライフ・SSR竜種【[鉄閃竜《てっせん》]イルセイバー】

咲奈の手によって五大竜の一角、圧倒的な膂力《りょりょく》を持つ竜種のライフが召喚されたのだった――。

◇

再び、話はキリングバイトの場まで向かうバスの中へと遡る。

「で、駿《しゅん》の話って何かしら?」

「ああ、咲奈の話聞いた後じゃ霞《かす》むというか……大したことじゃねえんだけどさ。お前、もうプレイヤーだから」

「ん……え、んん⁉」

駿の言葉を聞いて、咀嚼《そしゃく》し、嚥下《えんげ》して……やっぱりわからず吐き出した。

眉を顰める咲奈は、ツインテールを摑《つか》んで顔をしかめる。

「だから、お前もうスペルラのプレイヤーになってるから。カード使えるから」

「ひゃえ？　え、えぇぇえええええええええええ!?」

咲奈はそれを聞いてやっと理解したようで、驚愕《きょうがく》に声を上げる。

「おい、バスの中だぞ。静かにしろよ」

「ちょ、どういうことよ!?　ていうか、なんで黙ってたのよ!?」

「いや、そうなればいいなあとは思ってたけど、確信したのはさっきだし」

先ほどイルセイバーのカードを見せてもらった時、駿は所有権を刻んでみた。しかしそれができなかった。つまり、既に別の誰かが既に所有権を刻んでいるということで、それは咲奈以外にありえなかった。

「そうなればって、あんたが私をプレイヤーにしたの!?」

「いや、俺にそんな力ねえって。ていうか、気づいてなかったのか？　プレイヤーに覚醒する時って、もっと実感みたいなのあると思ったんだが、個人差あるもんなのかなあ」

「えっと……うーんん、なんか変な夢は見たような、見なかったような……」

プレイヤーの覚醒条件については未《いま》だ研究中である。

条件はいくつか存在すると言われており、その中の一定を満たせばプレイヤーとして覚醒できるとか。つまり、プレイヤーの覚醒ルートは一つではない。

真偽のほどは定かではないが、スペル&ライフズのカードに触れることや、プレイヤーと接触すること、血縁がプレイヤーであることなどが条件の一つとして挙げられている。

もう一つ、条件として駿が推しているものがある。

なぜプレイヤーの覚醒は、思春期の少年少女に多く見られるのか。それは精神状態の起伏が激しく、絶望と希望の振れ幅が大きいからだ。強い怒り、身を焦がすような嫉妬心、焦燥感、深い絶望や、身を削る覚悟。そんな激情がプレイヤーの資格となる。

駿もそれは同じだったから、わかる。

そして、咲奈がこの中のほとんどの条件を満たしており、プレイヤーの素養は十分にあった。

「助けてくれだ？　バカ言え、俺とミラとお前とで助けるんだよ」

「駿とミラちゃんと私で……」

「よかったな、これで指くわえて見てるだけとはいかねえぞ」

「そう、ね、その通りだわ！　まだ実感はないけど、私にも戦う力があるんだものね」

咲奈は握った両拳を見つめて、口元を引き結ぶ。

「なんだ、もっと怖気《おじけ》づくもんだと思ってたんだがな」

「私を誰だと思ってるのよ！　萌葱《もえぎ》咲奈、才能あふれるとってもカワイイ高校一年生よ！」

もう誰かを頼るだけではなく、姉の無事を祈るだけでもなく、戦うことができる。その力がある。そのことが咲奈は何よりも嬉《うれ》しかった。

「ありがと、駿！　あんたを信じてよかった！」

そう言って、咲奈はニッと純度百パーセントの笑みを浮かべるのだった。

「おう。お前のイルセイバーの力が必要になる場面は必ず来る。その時は頼むぞ、咲奈」

◇

竜種の大型ライフ【［鉄閃竜］イルセイバー】の召喚。

これでネックだった火力不足を補うことができる。

「有象無象は任せたぞ、咲奈！」

「ええ、任せなさい！　今の私はなんだってできる気がするわ。イルセイバー！」

「オーケー、お嬢！」

イルセイバーは大きく空を喰《く》らい、鉄袋を膨らませ――吐き出した。

スキル《竜息《ブレス》・鉄》――鉄の刃を孕《はら》んだ凶悪な烈風が、数匹のライフへ向かう。肉を裂き、骨をも断ち、命を削る竜種の吐息が炸裂《さくれつ》。一撃にて半分のライフが破棄。残ったライフもそれぞれ体には決して浅くない傷を負っていた。

【灼熱《しゃくねつ》の怨嗟《えんさ》―黒騎士】はイルセイバーの強靭《きょうじん》な顎にて一撃で砕かれた。

た。

【垂涎《すいぜん》するケルベロス】も蟻《あり》を潰すようにあっさりと踏み殺される。

咲奈の召喚した竜種のライフは、圧倒的なパワーを以《も》ってこのフィールドを支配してい

「おー、おー！　爽快だな、咲奈」

「図に乗るな、人間――ッ」

ヘレミアはイルセイバーの攻撃を予見して、那奈《なな》に張らせた防御壁にて事なきを得る。

「その巨体、いい的ね！　那奈！」

那奈が掲げるのは金枠の一撃必殺のスペル。四度目の天罰。

これならば、堅剛な肉体を持つ五大竜の一角だろうと無に帰することができる。

あらゆるスペル、スキルの干渉も受けないため、防ぐことは不可能。

しかし、光柱が立ったそこには、イルセイバーはいなかった。

「おいおい、いつになったら学習するんだ？　ヘレミア。《幻惑》は発動済みだぜ」

ヘレミアの視界に映っていたイルセイバーは、ミラティアの創り出した幻影だった。

その間にも、本物のイルセイバーは残りのライフを砕いていく。

半端なスペルでの攻撃程度では鋼の体はびくともせず、次はヘレミアに操られたプレイヤーたちが防戦一方を強いられる。

「あらあらあら、おかしいわ、どうして？　楽にミラティアさんが手に入る予定だっ

たのに？　ねえ、こんなのおかしいじゃないッッ!!　どうして思い通りになってくれないのかしらッッ!!　ほんとどいつもこいつも使えないッッ!!」

ヘレミアは顔を歪《ゆが》め、癇癪《かんしゃく》を起こす。

この力は全てを思い通りにするための絶対的な力のはずなのに。

「言葉が汚ねえぞ、ヘレミア」

ヘレミアの前には、駿とミラティアが並び立つ。

自信満々で、二人ならば怖いものなど何一つないと言わんばかりのしたり顔。

「私には［世界］が必要なの！　オラクルよりも先に［世界］を集めなくてはいけないわ！　私たちネームドのためにこの世界を変える！　自由を手に入れて幸せになるんだ！」

「世界を変える？　世界が変わったところでテメエが変わらなきゃ今と同じだよ」

「わかった風な口を利かないでくれるかしら？　あなたみたいなプレイヤーがいるから、私たちはずっと縛られたままなのよ！　それが当たり前だって受け入れられていいはずがない！　プレイヤーがライフの上にいるって当たり前が！　その事実が許せない！」

到底看過できることではない。許されていいはずがない。

だから、抗《あらが》うのだ。自分にはその力があると思うから。

これができるのは、《傀儡《かいらい》》を持ったヘレミアだけだ。これこそがヘレミアの使命だ。

「あーあー、ほんとにくだらねえな。プレイヤーだから？　ライフだから？　その在り方を決めてるのは、お前を縛ってるのは、他の誰でもないお前自身だろうが」

駿がぎゅっとミラティアの小さな手を握る。

ミラティアも握り返して、ふと微笑《ほほえ》んでもう片方の手を掲げた。

「わたしはあなたを許してないよ」

ミラティアの足元から溢《あふ》れるのは爛《ただ》れた黒の精気。這《は》い出るように、姿を現す無数の亡者たち。それは腐った肉を脱ぎ捨て骨をカチ鳴らして猛《たけ》る。闇を纏《まと》い、人の頸木《くびき》から逃れ、より禍々《まがまが》しく姿を変えて、蠢《うごめ》き、死を体現した津波のように押し寄せる。

「カードが切れたのでしょう？　苦し紛れね。偽物だとわかっていて恐怖などないわ」

どれだけおどろおどろしい光景だろうが、端《はな》から《幻惑》だとわかっていれば精神を病ませることも、痛みも何もありはしない。

「わたし、いったよ。シュンのためならこの世のすべてをあざむいてみせるって」

例えばその現実や常識すらも惑わせてみせよう。それが［恋人］の役目だから。

エクストラスキル《無貌ノ理》――その幻影は形を帯びて現実となる。

「わりぃな。これで本当に終わりだ」

闇を植え付けられた亡者の尽《ことごと》くは、執拗《しつよう》にヘレミアを塗りつぶすように殺到する。

喰らいつき、齧《かじ》り、引っかき、抉《えぐ》り出す。ただ深淵《しんえん》へと墜《お》とす。共に堕《お》ちていく。

抵抗は無意味だ、逃げることはできない。ただ、苦しみながら沈んでいけ――。

「な――ぁ、ぐぅ……」

蠢く死霊の中、ヘレミアの手が天を仰ぐように掲げられた。

身体《からだ》は溶けだし、虹色の粒子が漏れ出している。

絶好のチャンスだった。やっとツキが回って来たと思った。ちょうどいいところにミラティアが居て、駒が揃《そろ》っていて、苦労せずオラクルの中で優位に立てるはずだった。それだけだったのに。

誤算は一つ。桐谷《きりや》駿とミラティアが想像以上に手強《てごわ》かったことだ。

それでも、晴れやかとはいかずとも不思議と悪い気分ではなかった。

己を縛っていた何かが溶け出していくような、そんな気がしたのだ。

「ふふ、そっかぁ……こうなっちゃうんですね」

ヘレミアの最後の言葉は、誰にも聞き届けられることなく消えていった。

◇

さっきまでの激闘が嘘《うそ》のように辺りは静寂に包まれていた。

無理な《傀儡》の反動で操られていたプレイヤーは意識を失っている。

「咲奈《さな》……ちゃん？」

その中で一人、意識を保った那奈はゆっくりと口を開く。

その瞳は光を取り戻し、《傀儡》が解けたこともあってか戸惑いの色を濃く表していた。

そしてすぐに罪悪感と自責の念が押し寄せて、咲奈の顔を見られなくなる。

「おねぇぢゃぁぁん！　お姉ちゃんだよね？　わだじのごとわがる？」

しかし、咲奈にとってそんなことは些事《さじ》でしかない。那奈が正気を取り戻してくれたことが嬉しくて、一直線に那奈に駆け寄って抱きしめた。

那奈は咲奈を抱きしめ返していいのか迷い……でも、妹が愛《いと》おしいという気持ちには抗えなくて、慈しむように咲奈を優しく包み込む。

「咲奈ちゃん知らないうちにすごく強くなったねえ………ごめんね、私、お姉ちゃんのはずなのにね」

《傀儡》は意識を乗っ取るスキルではない。

己の行動はしっかりと記憶として残っている。どうしてあんな愚考を犯したのか理解不能ではあるものの、これが己の選択が招いた結果だと実感してしまっている。

咲奈の涙が、那奈の頬を濡《ぬ》らす。そして、那奈自身も今にも泣きだしそうであった。

「いいの、今までお姉ちゃんにはずっと守ってきてもらったもの、私ずっとお姉ちゃんのこと助けてあげたいって、私のこと頼ってもいいんだよっで……いいだぐで……」

気持ちが溢れて、涙も溢れて止まらない。

強くあろうと覚悟を示したはずなのに。笑って、私は天才なんだからこれくらい余裕よって茶化してお姉ちゃんを迎えようと思っていたのに、なかなかどうしてうまくいかない。

「さみじかった……お姉ちゃんに会えなくて寂しかった。すごく心配だった」

那奈は体を起こし、膝立ちになってそっと咲奈を受け入れる。

「うん、うん。そうだよね」

「よがった……お姉ちゃんを助け出せてよがっだよぉ……私心配で、心配で、この島怖いし、大変で、がんばったのぉ……ねえ、お姉ちゃん。私強くなったでしょ？」

「うん、かっこよかった。咲奈ちゃんにあんな一面があるなんて思わなかったな」

「だから、もう私に遠慮なんてしないでいいのよ。私だって強いんだから」

「ありがとう、咲奈ちゃんは私の自慢の妹だよ」

「うぁ、ぐぅ……あぁぁぁぁぁぁああ――ッ」

咲奈と那奈は互いを強く抱きしめて泣いた。

やっと姉と再会して、救い出すことができたのだ。

今回くらいは見なかったことにしてやろうと、駿《しゅん》とミラティアは彼女らに背を向ける。

へレミアの目的は［世界］のカードを手に入れることらしかった。他の零番から二十番を全て揃えることで顕現すると言われている、運命シリーズ二十一番――［世界］。

なんでも願いを叶《かな》えることができる、とはまた突飛な話だ。

全てがLのネームドライフで構成された強力なシリーズであることには違いないが、それ以上の特別な意味があるなど、駿は思ってもみなかった。

運命シリーズの六番【［恋人］ミラティア】。

彼女がいる限り、駿は［世界］を求める数多《あまた》のプレイヤー、組織に狙われることになるだろう。

だが、それも願ったり叶ったりというものだ。

少しでも凜音《りんね》に近づけるのなら、そのための手段は多い方がいいに決まっている。

「シュン、これからきっと大変になるね」

「ああ。でも、なんとかなるさ。ミラはずっと隣にいてくれるだろ?」

「ん、まかせて。わたしはシュンの恋人だから」

ミラティアはここだけが自分の居場所だと主張するように、駿の手を握り、指を絡める。

凜音のことを思い出す。

もし、彼女と再会した時は、助け出せた暁には、咲奈と那奈のように互いを慈しむことができるようにと願って――。

Epilogue

エピローグ

天井の色は白一色。

纏う服も白く、視界に入る掛け布団も白く、ついでに駿は、横に座ってベラベラと聞いてもいないことを語りだす那奈にも白い目を向けてみた。

「――でね！　その時咲奈ちゃんが、お姉ちゃん待って～！って口元に生クリームを付けながら追いかけてきてね、それが本当に可愛《かわい》くて！　私この子を守るために生まれてきたんだなって思ったの。ね、咲奈ちゃん本当に天使だよね」

ここは鶴妓区《つるぎく》にある病院のベッド。

キリングバイトでの激闘後、スペルで適当に回復するから問題ないと言った駿を、笑顔の（ただし目は笑っていない）鶺鴒《せきれい》は無理やりここへぶち込んだ。ああ言い出したら彼は聞かないので大人しく療養することにしたのだが、家で休むよりも騒がしいと感じるのは気のせいだろうか。

【［女帝］ヘレミア】はカードになり、那奈のデッキへ戻っていた。

あれだけ痛めつければ再召喚されようとしばらくは大人しくしているだろうが、念のためと、これからの目的のためにヘレミアは駿が預かることにした。

ちなみにミラティアは、駿のベッドに潜って体を丸めて寝息を立てている。

幼子のように駿の服を摑《つか》み、布団からひょこりとブルートパーズの髪を覗《のぞ》かせていた。

ヘレミアとの戦闘で相当疲弊したようで、最近のミラティアはよく眠る。本当はカードに戻った方が回復は早いはずなのだが、彼女は頑《かたく》なにそれだけは拒むのだ。

「なあ、その話まだ続く？」

「もう、駿くんつれないね。せっかく私が百八ある咲奈ちゃんのきゃわきゃわエピソードを聞かせてあげてるのに。本当は独り占めしたいんだよ？　でも今回助けてもらったからお礼にと思って」

「それがお礼になってると思うお前の思考回路が怖えよ」

「むぅ、お前って……私こう見えてもあなたより一つ年上だよ？　高校三年生だよ？　那《な》奈《な》先輩って呼びましょう。はい、リピートアフターミー、那奈先輩」

「なあ、那奈。オラクルと第二世代のプレイヤースキルについて、知ってることを教えてほしい」

「呼び捨て……お前よりはいいかあ。はいはい、オラクルとプレイヤースキルね。うーん、でも詳しいことはよくわからないというか……わたしは研究室の要請に応えて、実験に協力しただけで、内部のことは知らないといいますか」

咲奈から聞いた話から駿が推測を立てた通り、那奈は高校を通して要請をした研究機関へ協力をしただけだった。それが、違法な組織だとは知る由もなく、気づけばプレイヤースキルを植え付けられていた。端《はな》から那奈には選択肢もなければ、組織においての裁量権も存在しなかった。

　セレクタークラスのように体に激しい負担が掛かるような手術、実験がなかったのがせめてもの救いだろう。薬の副作用で研究室に寝かされることはあったようだが、現在身体的な不調は特にないらしい。

「本当に細かいことでいいんだ。関わった研究員の特徴、実験に協力した場所、印象に残ってる固有名詞とかでもなんでも」

「わかった。思い出してまとめておくよ。駿くんには借りもあるしね」

「ありがとう、助かるわ」

「でも、私でも知れたくらいの情報が役に立つかどうか。ヘレミアちゃんなら詳しいこと知ってそうだけど」

　駿はヘレミアのカードが眠るデッキホルダーをそっと撫《な》でる。

　彼女が大人しく話をしてくれるとは思えないが、手元にあるというだけで有効な手札には違いない。いざとなれば、多少強引な手段を取ることも選択肢の一つだ。

　オラクルのこと。その内部にいた那奈にヘレミアの存在。今回の一件で一気に凜音に近づくことができた。ここ数年まったく進展のなかった捜査が一段飛びで進んだ。

「まあ、そっちはおいおい、な。にしても、災難だったな。怪しい研究の実験対象に選ばれて、ヘレミアにも目をつけられて」

「そうだねえ……でも、実はヘレミアちゃんとどうこうに関しては私にも非があるというか……実は近づいたのは私からだったんだよね」

「は、はあ？」

「自分でも調子乗ったなあ、って思ってるよ。でも、万が一のときに咲奈ちゃんを守りたくて――」

プレイヤーの血縁者はプレイヤーになりやすいらしい。それに加え、プレイヤースキルの適性も血縁者で相関関係があるという話も那奈は聞いていた。

つまり、咲奈もプレイヤーに目覚める可能性があり、その場合、那奈同様にプレイヤースキルの付与対象に選ばれる可能性も高いということだ。実際、オラクルはプレイヤースキル付与に成功したプレイヤーの血縁には必ず同実験を受けさせようとしていた。

オラクルの実験には那奈も胡散臭《うさんくさ》さを覚えていたから、絶対に咲奈には受けさせたくなかった。そこで、ヘレミアに目を付けたのだ。

彼女はオラクルのメンバーではあるものの、彼らをよく思っていないことは見ていればわかった。だから、互いの利益のために協力できると考えたのだ。

ヘレミアの力があれば、万が一のことがあっても咲奈を遠ざけるくらいのことはできる。

ヘレミアにとっても、自由にプレイヤーを隠《かく》れ蓑《みの》として使えるのは魅力的だと思った。

結果、ヘレミアに出し抜かれ、いいように使われてしまったわけだが。

「助けようとしたその結果、咲奈《さな》ちゃんを色藤島《しきとうじま》に呼んで、プレイヤーとして覚醒させちゃったんだから、本末転倒だよね」

妹を助けたくて行動した結果、逆に彼女を危険にさらしてしまった。

そのやるせなさと言ったらないだろう。

「ま、そのおかげで一緒に暮らせるようになったんだから、結果オーライだろ」

「んっふふ～～～、それはほんとにそう!!」

ビシッと人差し指を突き付ける那奈は、ニマニマと表情を緩ませだらしのない笑みを浮かべていた。

そう、咲奈はプレイヤーに覚醒したことで、色藤島に住む権利を得た。

というよりは、色藤島に住まなくてはいけなくなった。

それに伴って手続きのために一度本土に戻り、編入試験を経て色藤島で暮らすことになったのだ。

ちなみに、咲奈には不正渡航の罪がある。

あるのだが、ペナルティは積極的な研究所への協力だけにとどまった。もちろん、真っ当で正式な研究所だ。

不正渡航を許したセキュリティの甘さ。キリングバイトのこと。違法な研究所。今回の一件は色藤島側としても直視したくないような事件がてんこ盛りだった。

駿としては、その色藤島自体が黒に見えて仕方がないのだが、今回の件が全く表沙汰になっていないことで、その疑念は増すこととなった。

「そういえば、当の本人は？　一緒じゃねえのか？」

「ふふ、呼んだかしら？」

その言葉を待ってましたと言わんばかりに、咲奈は仰々しい仕草で駿の前へ現れた。

「な……っ、お前その格好」

「あら、気づいたかしら？　どう？　似合ってる？」

咲奈は嬉《うれ》しそうにその場で一回転して見せる。

それは駿にはとても見覚えのある服だった。

色藤第一高校《しきとうだいいちこうこう》の女子の制服。

咲奈の動きに合わせて、一年生であることを示す赤のラインが入ったリボンが胸元で揺れる。

「きゃぁぁぁあああああ！　咲奈ちゃんかぁぁいいぃいいいねぇぇええ!!」

制服姿の咲奈に飛びついたのは那奈だった。

抱きしめてでたらめに撫でまわし、頰擦りをする。

「ちょ、お姉ちゃん離れて！　私は駿《しゅん》に聞いたの！　ていうか、こういうのやめてほしいわ。私もう立派なレディなんだから」

「いいえ、咲奈ちゃんはいつまでも私の可愛い妹です」

豊満なバストを強調してドヤ顔を浮かべる那奈に、咲奈は呆《あき》れたようにため息をついた。

「お前、鷗台女学院《かもめだいじょがくいん》に行くもんだと思ってたわ」

「そ、そそそれはあれよ、鷗台女学院の試験には受からなかったのよ！　ただそれだけよ」

「まあ、あそこ名門だもんな。咲奈じゃ無理か」

「くぅう、私の気持ちも知らないで〜〜〜っ！」

駿がいたから色藤第一高校を選んだなど口が裂けても言えるわけもなく、咲奈は悔しそうに頬を膨らませた。

当の駿はというと、高校には最低限しか顔を出していないのだが、鶺鴒経由のコネでなんとか進級はさせてもらっている。鶺鴒もなんだかんだ駿には甘いのである。

——［世界］の力があればなんでも願いが叶うのですよ？

ヘレミアはそう言った。これは文字通りの意味か、はたまた別の意図を含むのか。

もし、彼女の言うように［世界］のカードに大きな意味があるのなら、［恋人］を持つ駿はこれからの運命シリーズ争奪戦には否応《いやおう》なしに巻き込まれることになる。

夜帳《とばり》がこの事実を知らないなんてことはないだろうし、［審判］を持つ彼女ともいずれぶつかる時が来るのだろうか。

那奈の談では、オラクルの目的も［世界］を手に入れることらしい。

その先の野望はわからないが、オラクルは凜音《りんね》を奪った明確な敵である。

それならば、駿が先に［世界］を手に入れてしまえばいい。

なんでも願いが叶《かな》うというなら、凜音を取り戻すことも可能だろうし、何よりその過程で絶対にオラクルとは交わることになる。

「ということで、これからは私が一緒に学校行ったげるから安心しなさい！」

「あ？」

「え？　だって友達がいないから学校に行ってないんでしょ？　休み時間には駿の教室まで遊びに行ってあげるわ！」

「クソうぜえ……」

「と、言いつつほんとは嬉しいんでしょ？　健気《けなげ》な後輩に心打たれちゃったでしょ？」

「はあ……もうそれでいいよ」

「ふふ、じゃあこれからもよろしく、先輩！」

そう言って、咲奈は表情をぱあと華やがせた。

駿は呆れて肩をすくめ、ミラティアに視線を落とす。

布団の中で穏やかに寝息を立てる相棒の髪をそっと撫でた。

◇

「ああ、もう、まったく酷《ひど》い目にあったってンですよ。なんでうちがこんな捨て駒みたいな使われ方されなきゃなんねえんですか」

部屋として最低限の機能を果たしているかも怪しいそこは、もはや箱と呼んだ方が適当かもしれなかった。無機質で、生活感はなく、現実的な場所ではなかった。

ここでは望んだ尽《ことごと》くを創ることができる。

しかし、ここの主が創り出せる何かを望んでいないから、何もない。そんな場所。

「悪かったね、黒川戌子《くろかわいぬこ》。あれはあれで必要な手順だったんだ。君から見て彼はどうだった？」

黒川戌子――ブラックドッグと呼ばれていた少女は、吐き捨てるように肩をすくめる。駿との戦いでの傷がまだ痛むのか、首筋を撫でて忌々し気に舌打ちした。

対面する優男は、ふと笑みを浮かべてそう尋ねた。覇気がなく一見気弱そうにも見えるが、それも本当に一見したらの話。それ以外の全ての情報が、彼は只者《ただもの》ではないと、異常であり、異質であると示していた。

「どうもこうも、あんな借り物のカスカードじゃどうにもならないでしょ。自分のデッキを使えれば、[恋人]がいたとしても負けることはなかったンですけどね」

「あそこで君に勝って貰《もら》っては困るからね」

「てか、いいンですか？」

「ん？」

「あんな簡単に[女帝]を奪われて。なんだかんだ使い勝手いいし、そもそもせっかくの運命シリーズを……もったいねえでしょ」

「いいんだ。これ以上組織に居られても管理が難しかった。それに、在《あ》り処《か》がわかっていれば問題ないよ。まだ顕現を確認できていない運命シリーズも少なくない。彼が集めてくれるというなら、それはそれでやりやすい」

「だったら、せめて破棄するべきだったんじゃねえんですか？　[女帝]が持ってるオラクルの情報、漏れてもいいものばかりでもなかったはずですけど」

　破棄されたカードはプレイヤーのデッキに戻ることはなく、アセンブリデッキにて再構築される。そして、また別のプレイヤーがドローすれば、そのカードはこの世に顕現する。

　つまり、ライフに死という概念はない。

　ただ、ネームドライフの場合その事情も少々異なる。ネームドライフとは自由意志を持つライフであり、それぞれこの世に一枚しか存在しないものである。感情があり、意志があり、記憶し、知識を蓄える。

もし、ネームドライフが破棄されれば、蓄積された記憶は消える。

ヘレミアの存在をリセット——実質的な死を与えれば内部の情報漏洩《ろうえい》は防げるのだ。

「アセンブリデッキに戻って、もう一度誰かがドローするのを待つ方が面倒だ。それに、彼女が快く桐谷駿《きりや》に協力するとも思えないしね」

「で、でも——っ!!」

「でも、なんだい?」

「————っ」

表情は先ほどまでと何も変わらぬはずなのに、彼からは圧倒的なプレッシャーが放たれる。全身の毛穴が逆立つような威圧感に、戌子は思わず息を呑《の》んだ。

「あまり悠長にしている余裕もないんだ。朝凪《あさなぎ》夜帳の動向も気になるし、[世界]を求めているのは僕らだけじゃない」

「………すみません。出過ぎたことを言いました」

「ごめんね、脅したつもりはなかったんだ。ただ、僕たち自身の目的のためにも、僕たちのお姫様のためにも遠回りはしていられない。そうだろう?」

男は振り返る。部屋の奥には、この部屋で唯一の物として豪奢《ごうしゃ》な椅子が在った。

その一帯だけ異質な空気が流れていた。

まるで現実から切り離され歪《ゆが》んでいるかのように。

腰掛けるは一人の少女。

男のものとはまた違う、狂気的な空気を纏《まと》った白髪の少女だった。

少女はそんな雰囲気からは考えつかないほどに声だけは明るく、歌うように答える。

「うん。そうだよ、早く迎えにいかないと。兄さんは私がいないとダメなんだから。私がご飯を作ってあげなきゃいけないし一人で起きられないし学校へも毎朝一緒に登校する約束だし帰ったら一緒にゲームをして私はお菓子を作ってあげるの兄さんはきっと今も寂しがってるし私が救ってあげないといけないんだ！　だから待っててね——兄さん」

彼女——桐谷凜音は鈍く輝く瞳を湛《たた》えて、不気味なほどに口角を吊《つ》り上げた。

あとがき

どうも、スペルラ書いた人です。私の名前はどうでもいいので、作品名とヒロインの名前あたりを憶《おぼ》えてもらえると嬉《うれ》しいです。

突然ですが、あとがきってどれくらいの人が読んでいるのでしょうね。

少なくとも、中高生の頃の私は読んでいませんでした。これも誰かが作り出した物語で、誰かが生み出したキャラクターでってのを突き付けられる。物語の世界に浸っていたのが急に現実に引き戻される気がして嫌だったんです。

特に物語の解説をするタイプのあとがきが好きじゃなかった。それがもし、自分の解釈と違ったら、ああ、自分が感じたことは間違いだったんだなと思ってしまう。読者が感じたことがその読者にとっては正解で、楽しみ方はそれぞれあるはずなのに。

やはり作者はその物語に対して絶対的な存在だと思うんです。作者が黒と言えば黒なんです。だから、私は不特定多数が見るところであまり自分の作品について語らないようにしています。と、言いつつ自分の作品について触れることはあるのですが、まあ、語り方は気を付けています。

SNSが発達した昨今、不特定多数の感想や解釈、考察が意図せず目に入ってきます。でも、これだけは覚えておいてほしい。あなたの感じたことは、解釈は間違いじゃない。今、この瞬間この物語はあなただけのものです。物語を読んで抱いたその感情を他人と共有する必要なんてない。ただ、あなたにとってそれが尊いものであるように、と私は願います。

以下謝辞です。謝辞とかとりあえずで書いてるだけだろとか思っててごめんなさい。マジでめちゃくちゃ感謝してます。

担当の吉田氏。私の初めての担当さんがあなたでよかった。たくさんご迷惑をおかけしましたが、あまり反省はしてないのでこれからも迷惑かけます。よろしくお願いします。

イラストを担当してくださった、たらこMAX先生。新しいイラストが上がってくるたびに幸せな気持ちでした。自分の考えたキャラクターが絵に起こされるとは、これほどまでに嬉しいものなのですね。ミラティアの衣装めちゃくちゃ気に入ってます。

また、拙作を見出《みいだ》してくださった編集の皆様、私の拙い文章を正してくださった校正様、出版に関わってくださったすべての人に心からの感謝を。

最後に本作をご購入してくださった読者の皆様にも深く感謝を申し上げます。ツイッターなどで感想を上げてくれると主に私が喜びます。大げさな表現ではなく、あなたが発信してくれた感想がその作品を救うことはあると思うのです。好きな作品についてはどんどん発信していきましょう！　と、声を大にして言いたい。

では、また。

二巻で会えるといいね！

OVERLAP

スペル&ライフズ 1
恋人が切り札の少年はシスコン姉妹を救うそうです

発　　行　2023年1月25日　初版第一刷発行

著　　者　十利ハレ
発 行 者　永田勝治
発 行 所　株式会社オーバーラップ
〒141-0031　東京都品川区西五反田 8-1-5
校正・DTP　株式会社鷗来堂
印刷・製本　大日本印刷株式会社

Printed in Japan ISBN 978-4-8240-0385-0 C0193